**Eine wichtige Information vorweg...**

Der Inhalt dieses Buches ist kein Tatsachenbericht, sondern wurde geschrieben ganz im Sinne literarischer Kunst.
Die in dieser Geschichte vorkommenden Personen, Orte und Geschehnisse sind Produkt reiner Phantasie.
Jedoch können durch die unendlichen Facetten des wirklichen Lebens Überschneidungspunkte zu fiktiven Charakteren und Geschichten nie völlig ausgeschlossen werden, und wer auf der Suche nach solchen ist, wird sicher welche finden.
Daher wird ausdrücklich darauf hingewiesen, dass mögliche Ähnlichkeiten oder Gemeinsamkeiten mit lebenden oder toten Personen, aber auch realen Begebenheiten oder Orten, rein zufälliger Natur und in keinster Weise beabsichtigt sind.

Schreibt man das so? Bin ich jetzt auf der "sicheren Seite"?
Verletze ich nun niemanden mehr, der in meiner Geschichte vorkommt, nur weil ich vorher schreibe, dass wir alle gar nicht existieren würden?
Natürlich existiere ich, wie alle anderen, die in meiner Geschichte vorkommen. Das, was ich hier berichten möchte, denkt sich niemand freiwillig selbst aus.
Dennoch glaube ich, dass es besser ist, zu behaupten, alles hier wäre frei erfunden - wer weiß, wer es liest, wenn es soweit ist.

*

Vielleicht hätte ich früher anfangen sollen, darüber zu sprechen. Ganz am Anfang, meine ich. Als sie mit diesen Interviews begonnen haben.
"Frau Schnell, wie fühlen Sie sich?

Warum haben Sie sich ausgerechnet für diese Jacke entschieden?"
"Eine Frage: Warum epilieren Sie Ihre Beine, anstatt sie zu rasieren?"
"Guten Morgen Frau Schnell - heute ist Ihr fünfter Tag ohne Zigarette - spüren Sie schon Unterschiede? "
"Frau Schnell, Sie haben soeben drei Kilo Speisequark gekauft - warum glauben Sie, werden Sie die Quark-Diät durchhalten?"
Die Reporter kamen für gewöhnlich, ohne sich anzukündigen. Und immer schienen sie sich für Themen zu interessieren, die, so gesehen, nun wirklich nicht gerade spannend sind. Trotzdem beantwortete ich ihre Fragen. Dabei sprach ich meine Antworten natürlich nicht immer laut aus. Oft dachte ich sie mir auch nur; die Reporter bedienten sich ja schließlich auch nicht der wirklich hörbaren menschlichen Sprache. Sie sprachen nicht mit, sondern *in* mir. Oft hatte ich allerdings das Gefühl, es reiche nicht aus, ihnen auf die gleiche Weise zu antworten: Sie schienen

zufriedener, wenn ich meine Antworten an sie laut aussprach.
Die Gefahr, dass meine Umgebung sich wunderte, bestand übrigens nicht. Die Reporter kamen stets, wenn sie wussten, dass sie mich allein antreffen würden. Auch wenn ich ihr Interesse an den jeweiligen Themen nur schwer nachvollziehen konnte - diese eigenartigen Interviews bereiteten mir Freude. Oft erfüllten sie mich mit Stolz, weil meine Meinung bei solch - oberflächlich betrachtet - eher unwichtigen Themen so viel zählte. Außerdem waren die Reporter mir gegenüber zum damaligen Zeitpunkt immer freundlich gestimmt und respektvoll. Oft fühlte ich mich durch sie wie ein Star oder irgendeine Prominente oder so etwas in der Richtung.
Ich konnte ja damals nicht wissen, dass sie auf der anderen Seite standen. Noch heute glaube ich manchmal, dass sie es nicht einmal selbst wussten.
Dass sie nur Marionetten einer bösen Macht waren, deren einziges Ziel es war,

mich, und später auch alle anderen Rothaarigen zu vernichten.

\*

Der Aerobic-Kurs war soeben beendet. Verschwitzt saß ich im Umkleideraum und wartete, dass eine der Duschen frei wurde.
Plötzlich trat Jan von hinten an mich heran. Ihm schien es völlig egal zu sein, dass es sich hier um eine Damen-Umkleide handelte. Recht grob ergriff er meinen Nacken, beugte sich über mich, küsste meinen verschwitzten Hals, während er meinen Kopf durch einen festen Griff im Haar leicht nach hinten überstreckte.
Es war unangenehm. Ich riss mich los und sprang unter die Dusche…
Den Heimweg vom Sportstudio musste ich, so schien es, heute im überfüllten Bus bestreiten. Kinder brüllten, und überall auf den Sitzbänken saßen auffallend viele Omis mit überfüllten Einkaufstüten.

Herausgequetscht von der Masse der Fahrgäste, hing ich schon halb über dem Rand des Busfensters; eigenartigerweise war keine Scheibe eingebaut, sodass ich den Fahrtwind im Gesicht spüren konnte. Plötzlich bremste der Bus. Die spontane Vollbremsung war so hart, dass ich aus dem Fenster fiel, mitten auf die Fahrbahn.
Ich hörte das aufgeregte Geschrei der anderen Fahrgäste aus dem Fenster über mir, unzählige Oma-Hände streckten mir ihre knochigen Finger entgegen, aber für Hilfe war es zu spät.
Ein Lastwagen auf der Nebenspur hatte den Bus nun vollständig eingeholt, jetzt noch schnell den Fahrbahnrand zu erreichen war völlig unmöglich.
Der Lastwagenfahrer klingelte panisch. Eigenartig, dachte ich im letzten Moment, womit klingelt er? Hat er keine Hupe?

Da endlich wachte ich auf. Das Klingeln des Lastwagens entpuppte sich als gewöhnliches Wecker-Klingeln. Jan lag neben mir und schnarchte laut. Mit noch von der Lebensgefahr rasendem Herzschlag lauschte ich seinem gleichmäßigen Atem, er beruhigte mich.

Draußen war es noch dunkel. Aller Bemühungen zum Trotz, weiter den Grund zu verdrängen, warum ich mir den Wecker auf sechs Uhr gestellt hatte, drängte er sich in mein Erinnerungsvermögen. Die verdammte Statistik-Klausur.

Ich war Studentin der Sozialwissenschaften im ungefähr elften, gefühlt hundertsten, unerfolgreichen Semester. Ungefähr seit Mitte des ersten Semesters dachte ich über einen Wechsel des Studiengangs nach. Das, was ich studierte, interessierte mich zu höchsten zwei Prozent. Ich glaube, der Grund, warum ich nicht längst gewechselt hatte, war einfach die Angst, zu erkennen, dass mich KEIN Studiengang wirklich interessierte.

Die Statistik-Klausur schob ich seit ungefähr acht Semestern vor mir her, und heute sollte also der große Tag sein.

Jan ist Musiker. Neben seinen langen Probenächten mit "der Band" arbeitet er als Gitarrenlehrer. Die Band ist nicht gerade erfolgreich. Erstens ändern sie viel zu häufig ihren Namen, und zweitens handelt es sich dabei um fünf hochbegabte Musiker, die aber leider so hochbegabt sind, dass sie ständig "experimentell" sein wollen. Experimentelles will aber niemand hören. Naja, fast niemand.
Ich war noch nicht wirklich lange mit ihm zusammen, ein paar Monate eben. Aber ich war verliebt, und das passiert mir nicht häufig.
Am Morgen der Statistik-Klausur dachte ich darüber nach, dass sein Schnarchen ein handfester Trennungsgrund werden könnte.
Andererseits, dachte ich, als ich es geschafft hatte, mich aus dem warmen Bett an den Küchentisch zu quälen, ist mir morgens um sechs, wenn ich entspannt allein meinen Kaffee trinken möchte, ein schlafender, schnarchender Freund lieber als ein wacher.

Zwei Stunden später saß ich mit hundertfünfzig anderen Studenten in einem schlecht belüfteten Hörsaal und starrte auf den vor mir liegenden Fragenkatalog, bei dessen Inhalt mir übel wurde. Ein sicheres Gefühl bei einer Prüfung ist anders. Beim Durchlesen der Aufgabenstellungen begann ich ernsthaft, an meinem Grund-IQ zu zweifeln.
"Frau Schnell, Sie haben sich entschieden, diese Prüfung zu schreiben- glauben Sie, es gibt eine Chance?"
Seit wann kamen die Reporter, wenn ich mit so vielen Menschen zusammen war? Tatsache war, dass ich mich jetzt weder auf ihre, noch auf die Fragen im Skript konzentrieren konnte. Stille. Die Reporter waren wieder abgezogen.
Der Dozent, der die Klausur beaufsichtigte, stand vor der Tafel und erklärte wohl gerade das Punktesystem. Während er mehr oder weniger gelangweilt zu uns sprach, verkleinerte sich sein Kopf. Ich hatte das Gefühl, der Abstand

zwischen ihm und mir würde immer größer, seinen Kopf sah ich durch eine Art Tunnel, und er hatte höchstens nur noch die Größe eines Stecknadelkopfes. Ich kann das einfach so lapidar erzählen, weil es für mich nichts Unbekanntes ist. Als Kind hatte ich das öfter, aber bis zu dem Augenblick im Hörsaal eigentlich nie wieder.

Damals passierte es fast jedes Mal, wenn mein Vater versuchte, mir Rechenaufgaben zu erklären, die übrigens noch nie meine Stärke gewesen waren.

Mein riesiger Vater (er ist wirklich mit einem Meter fünfundneunzig nicht gerade der Schmächtigste) saß dann immer auf seinem riesigen Schreibtischstuhl, ließ seine riesigen verschränkten Arme und Beine irgendwo in meine Richtung baumeln und machte kein Geheimnis aus seinem gewissen Unverständnis für das mathematische Unverständnis seiner Tochter. Während er mir Vorträge über logisches Denken und Nur- Wollen hielt, kniff ich die Augen zusammen, um seinen winzigen Kopf noch erkennen zu können.

Bevor sein Kopf gänzlich zu verschwinden drohte, zwinkerte ich meist - damit wurde der Vorgang des Schrumpfens zuverlässig unterbrochen.
Meistens musste ich aber gar nicht zwinkern, weil mir irgendwann Tränen der Wut über die heißen Wangen rollten, und verschwommenes Sehen führte dann auch wieder zum Normalzustand des Kopfes von meinem Vater.

*

Die Entscheidung, die Sache mit der Uni für immer zu canceln, fiel mittags nach der Klausur.
Ich saß im Park, mir war kalt und der Himmel so richtig mies Oktober-grau.
"Frau Schnell. Sie müssen das nicht machen." Es war das erste Mal, dass einer der Reporter mir einen Rat gab, anstatt mir mehr oder minder dämliche Fragen zu stellen.
"Okay, " antwortete ich laut, "aber würden Sie mir auch die Alternative verraten?"

Überraschenderweise bekam ich Antwort.
"Sie brauchen keine Alternative. Sie *sind* bereits die Alternative. Achten Sie darauf in der nächsten Zeit. Es wird genug Zeichen geben."
Mir war das alles grad ein wenig zu esoterisch, und damit verdrückte sich der kurze Dialog in einen abgelegenen Winkel meines Bewusstseins, ähnlich irgendeinem alltäglichen flüchtigen Gedanken.

Als ich nach Hause kam, lag ein lieber Zettel von Jan auf meinem Küchentisch. Irgendwas von " so schön mit Dir," und "hoffentlich noch lange Zeit". Ich fand das völlig daneben, schließlich empfand ich diesen Tag als die nächst höhere Stufe meiner absoluten Sinnkrise, da war ich für Liebesschwüre ungefähr so empfänglich wie ein Tiger für Salat. Vielleicht wäre es sowieso besser, wir trennten uns. Früher oder später würde ihn mein Nicht- wissen- wohin sowieso nerven, eher verwunderlich, dass es das nicht schon tat.

Ich machte mir eine Schale Griesbrei zur Frustbewältigung und knallte mich vor den Fernseher.

Auf dem ersten Sender, bei dem ich hängen blieb, lief eine dieser Comedy-Serien mit eingespielten "Jetzt - bitte - Lachen" -Lachern, damit der Zuschauer sein Gehirn vollends im Griesbrei versinken lassen konnte. Die Hauptdarstellerin hatte rote Haare und eine glückliche Ehe, wie es schien, aber dann fand sie doch an ihrem Mann genug auszusetzen, um den Zuschauer mit ausreichend Gelache zu belästigen.

Ich zappte weiter. Eine Dokumentation, bei der sich gerade zwei Marienkäfer beachtlich nahe kamen. Ein Musikvideo, in dem sich ein Rapper mit einer Riesenschlange um dem Hals vor einem knallroten Angeberschlitten profilierte. Eine Kochsendung mit einer überdimensional großen Aufnahme der Tomatensuppe, in die der Koch "mit ganz viel Liebe " die Sahnehaube hineingleiten ließ, als hätte er sein Leben lang darauf gewartet.

Mir blieb der Griesbrei fast im Hals stecken, denn selbst mit einem Riesenberg Ignoranz war es nicht zu übersehen: *Rot*. Was sollte das? Auf jedem verdammten Sender wurde etwas Rotes ausgestrahlt!
Um meine Beobachtung zu überprüfen, zappte ich nervös weiter: immer noch die Rothaarige. Ein rotes Jackett der Reporterin. Aufnahmen von Kirchenfenstern, hauptsächlich in Rottönen. Immer noch die Marienkäfer. Ein angepriesenes Schmuck-Set mit, wie sollte es auch anders sein, roten Steinen. In der Kochsendung riesige rote Paprika-Stücke im Salat.
Ich wurde unterbrochen - es kitzelte auf meiner Hand. Als ich hinsah, bemerkte ich
ein ausgefallenes Haar von mir. Rot ! Natürlich wusste ich bereits, dass ich rote Haare habe, doch in diesem Moment war das für mich wie ein Schock.
Mir wurde übel. Ich machte den Fernseher aus und schloss die Augen. Was sollte das?

Der Reporter fiel mir wieder ein. Meinte er das? Und wenn ja, was genau ?
"Sie *sind* die Alternative, Frau Schnell," erinnerte ich mich an seine Worte.
Ich schlief wohl ziemlich erschöpft ein, denn als ich am nächsten Morgen auf dem Sofa erwachte, bemerkte ich überrascht, dass ich vierzehn Stunden am Stück geschlafen hatte.

\*

Die nächsten Tage fragte ich mich, ob ich Jan von dem "Rot-Sehen, mal anders" berichten sollte und entschied mich dann dagegen. Irgendwie fand er die Idee, dass ich das Studium nun vollends hinter mir ließ, schon beunruhigend genug. "Du weißt doch noch gar nicht, was Du stattdessen machen sollst!" Stimmt, dachte ich. Ich *bin* die Alternative, schoss es mir von links nach rechts durch den Kopf. Aber ich hielt den Mund. Außerdem hatte ich ja noch meinen Kellner-Job im "Heckels", ich könne um

ein paar zusätzliche Schichten bitten, überlegte ich mir. Dann würde ich wenigstens mehr Geld haben, was in Anbetracht der Tatsache, dass ich ja irgendwann das Bafög-Amt vom Studienabbruch unterrichten musste, nicht die dümmste Idee war.
Der Job war mit Abstand das Langweiligste, was ich mir für einen Arbeitstag vorstellen konnte. Das Heckels war glaub ich mal ein cooler Laden, wobei die Betonung auf `war´ liegt. Inzwischen besteht der Großteil der Gäste aus miesem Stammpersonal. Wer schon mal gekellnert hat, weiß, dass es kaum etwas Schlimmeres gibt. Sie denken, sie dürften alles. Und dass man sich mit ihnen unterhalten möchte. Und dass ihr Essen eigentlich schon an ihrem Platz stehen müsste, wenn sie noch hundert Meter entfernt sind. Und sagen, was sie gern hätten, halten sie für völlig überflüssig. Das muss die doch wissen! Ich bin hier schon gewesen, da, hah!, da hat die Kleine noch bei ihrer Mutter, ach was, da gab´s den Laden hier noch

nicht mal!
Und dann fangen sie an zu fragen.
Erstens, ob denn der Hans heut schon hier war, wenn ja, wo ist er denn dann hin jetzt, und wenn nein, warum nicht. Zweitens, warum man denn heute so schlecht gelaunt aussehen würde, so ein hübsches Mädel, dafür gäbe es doch sicher keinen Grund. Dann tauschen sie auch gern mal selbst ihren Aschenbecher aus, in dem ja schon zwei Zigarettenstummel sind. Sie greifen dann über den Tresen, stellen den "vollen" dort demonstrativ ab, und nehmen sich, oft von einem schweren Seufzen begleitet, einen neuen. Dabei werfen sie einem einen leicht vorwurfsvollen, aber großgütigen Blick zu, so isse halt, unsere Kleine.
Rosa, die Chefin des Heckels ist eine pseudoemanzipierte Mittvierzigerin. Sie ist nicht unattraktiv, was sich auch in der Anzahl ihrer Männerbekanntschaften bemerkbar macht. Vor drei Jahren hat sie das Tango Tanzen für sich entdeckt, was Vor- und Nachteile für mich hatte. Der

Nachteil waren ihre ausführlichen Berichte, die sich hauptsächlich um männliche Mittänzer oder den spanischen Tanzlehrer drehten.
Der Vorteil war, dass sie definitiv seltener im Laden war. Manchmal trank sie sich abends an ihrem eigenen Tresen an ein bis drei Flaschen Weißwein fest, dann wurde sie richtig nervtötend. Ansonsten war sie eine typische, aushaltbare Gastro-Chefin: Immer leicht paranoid, hintergangen zu werden, immer und gerade wenn nichts zu tun war, zwanghaft nörgelnd, und schnell überfordert, wenn mehr als fünf Gäste da waren. Aber irgendwie mochte ich sie.
Einige Tage nach meinem Rot-Sehen im wahrsten Sinne arbeitete ich mal wieder im Heckels. Es war alles in Ordnung gewesen die letzten Tage, und bis auf extrem wirre Träume nachts ging alles seinen gewohnten Gang. Ich hatte ja nicht einmal das *Gefühl*, dass etwas nicht in Ordnung gewesen war. Die Reporter kannte ich ja schon immer irgendwie, und den Rest fand ich

eigenartig, aber nicht wirklich beunruhigend.

Doch dann kam dieser Kellner - Abend, und der war, glaub ich, der richtige Beginn der Katastrophe.
Bewaffnet mit Block und Stift näherte ich mich meinen neuen Gästen, einem sympathischen Paar, etwas älter als ich. Sie wollten etwas essen, und er übernahm das Bestellen. Bis auf ihr Getränk sagte er seinen Text tadellos auf, dann blickte er sie fragend an. Sie überlegte kurz.
"Was habt ihr denn an Rotweinen da?"
Gerade wollte ich mit meiner kleinen Aufzählung beginnen, als plötzlich überraschend die Stimme von einem der Reporter dazwischenfunkte.
"Pass gut auf, *Rotwein* hat sie gesagt -"
Es war anders als sonst. Nicht einfach, wie gewohnt, eine Art gedankliche Stimme in mir, sondern jetzt eher von außen, irgendwie realer. So, als würde mir jemand einen Telefonhörer ans Ohr halten, mit einem Ferngespräch, bei dem

die Stimme im Gegensatz zum Ortsgespräch ja meist etwas leiser zu hören ist.
Die Stimme des Reporters war weit weg, aber deutlich zu verstehen. Wirklich zu *hören*.
Ich geriet ins Stocken.
Die junge Frau sah mich fragend an, und ich wusste beim besten Willen nicht, ob sie vorher gerade etwas gesagt oder gefragt hatte. Sie bemerkte meine Abwesenheit und lächelte freundlich .
"Ach, egal, Hauptsache trocken."
Der Reporter rief mich durch die lange Leitung :"Anni! Rot! Natürlich trinkt sie Rotwein, das gehört doch zum Konzept, um nicht zu sagen, zum *roten Faden*!"
Seit Jahren hatte mich niemand mehr Anni genannt. Als Kind hieß ich Anni. Wenn sie mich dann "Anna" riefen, wusste ich bereits, dass es Ärger gab.
Was auch neu war an dem Auftreten des Reporters - er duzte mich. Das erste Mal. Es klang nicht mehr so respektvoll und höflich, eher höhnend.
Und: noch nie waren die Reporter-

Stimmen störend gewesen. Diese jedoch war plötzlich laut. Hörbar und laut, sodass ich Schwierigkeiten bekam, meine Umwelt wahrzunehmen.

Meine Umwelt war in dem Fall die Frau am Tisch vor mir, die noch immer ihre Bestellung loswerden wollte. Das Problem war nur, dass ich sie nicht verstehen konnte.
"Entschuldigung - welchen Wein hätten Sie gern?" fragte ich sie, denn mir blieb nichts anderes übrig. Ich hatte auch jegliches Zeitgefühl verloren. Wahrscheinlich waren kaum ein paar Sekunden vergangen, aber ich hielt es ebenso für möglich, dass ich schon ein paar Stunden vor diesem Tisch stand. Die Frau atmete ein, um zu antworten. Doch in dem Moment, als ich an ihrer Lippenbewegung erkennen konnte, dass sie zu sprechen begann, war der Reporter wieder da. "RRRRoooootwein," gurrte er, "rrrrrroooooot!" Anschließend brach er in schallendes Gelächter aus.
Mir schossen die Tränen in die Augen,

denn ich spürte, dass ich die Situation nicht in den Griff bekam. Es machte mir Angst.
Das Pärchen schaute mich irritiert an. Wieder setzte die Frau zu einem Satz an, wieder fing der Reporter an, dazwischenzureden, fast brüllte er schon. "Rot, Anni! Anni! Rrrrroooot!" Nun schrie ich auch. Ich war verzweifelt, und mein einziger Wunsch war, dass es aufhörte.
 "Können jetzt alle bitte mal ruhig sein!" schrie ich hysterisch , und meine Stimme zitterte.
Nun schauten mich ungefähr 20 Augenpaare entsetzt an.
Rosa, die bis jetzt still am Tresen gestanden hatte, kam zum Tisch.
Scheinbar sah ich wirklich nicht gut aus, denn mit einem für sie sehr untypisch fürsorglichem Griff brachte sie mich in die Küche.
"Warte hier."
Erschöpft sank ich auf den Küchenhocker.
Ich hörte Rosas entschuldigende Ansprache am Tisch des Pärchens durch

die Küchentür. Auch das durchschnittliche Kneipengemurmel hatte kurz nach meinem Ausbruch wieder eingesetzt.

Rosa kam zurück in die Küche.
"Anna, was ist mit Dir?" Ihre Hand berührte meine Wange.
"Nein, nicht!", schreckte ich zurück. Im letzten Moment hatte ich zum Glück noch den Ring mit dem großen roten Stein an ihrem Finger bemerkt. "Ja-haaaa," hörte ich den Reporter spottend lachen, "da muss man schon aufpassen!"
"Anna! Was ist los?" Rosas Stimme klang weit, weit weg.
Der Reporter rief fast zeitgleich: "Anni, lass Dich nicht täuschen! SIE IST ROT!"
"Alles okay," flüsterte ich, bemüht, mir die Verzweiflung nicht anmerken zu lassen. Ich begann still zu weinen, und mir war schlecht. Was sollte das alles?

Rosa schickte mich ratlos nach Hause, es wäre wohl gerade stressig für mich alles, eine Woche ohne Arbeit hielt sie für angebracht. "Ruf an, wenn `s Dir besser geht."

Als ich die Strasse betrat und mir die kalte Nachtluft entgegenschlug, ging es mir sofort besser. Ich hörte nichts, außer das gewöhnliche Motorengeräusch der vorbeifahrenden Autos.

Doch obwohl die Reporter schwiegen und der Spuk oberflächlich vorüber zu sein schien, wurde ich das Gefühl nicht los, dass sie nicht wirklich verschwunden waren. Ich spürte ihren Atem wie den eines wilden Tieres, das man förmlich riechen kann. Jede Faser meines Körpers sagte mir, dass ich unter Beobachtung stand: Sie registrierten jeden Schritt, kontrollierten jeden meiner Atemzüge, jeden meiner noch so unwichtigen Gedanken. Wenn ich stehenblieb, um misstrauisch in die Stille zu horchen, belauschten sie mein Lauschen. Es bestand kein Zweifel, sie waren noch da.

Meine Wohnung war im zweiten Stock eines dieser Sozialbau-Rotklinker-Häuser einer nicht gerade verkehrsberuhigten

Siedlung. Meine Nachbarn waren hauptsächlich Langzeitarbeitslose mit Klischee- erfüllenden Hobbys wie saufen und Zigaretten drehen. Auch am typischen Hausdrachen war nicht gespart worden, sie wohnte im ersten Stock, hatte die 70 und alle Freunde, sofern sie früher welche gehabt hatte, lange hinter sich gelassen und lebte nun ausschließlich, um alle Nachbarn jeden Montag mit erhobenen Zeigefinger an das Putzen des Treppenhauses zu erinnern. Oder daran, die Kellertür doch bitte doppelt abzuschließen. Oder daran, die Werbeprospekte auf der Treppe zu entfernen.

Normalerweise hasste ich es, dem Drachen zu begegnen. An jenem Abend wirkte aber die Tatsache, dass bei ihm noch Licht brannte und ich durch das Spiel von hell und dunkel am Spion wusste, dass er wie immer alles im Griff hatte, äußerst beruhigend auf mich.

Schon von der Strasse aus hatte ich gesehen, dass auch in meiner Wohnung Licht brannte, Jan hatte sich angekündigt. Ich war froh, jetzt nicht allein sein zu müssen. Aber gleichzeitig fühlte ich mich ratlos - sollte ich mit ihm über die Reporter und all das sprechen? Es wäre sicher eine Entlastung für mich, aber ich war nicht sicher, ob ich ihm wirklich erklären konnte, was sich da abspielte, ohne das er mich gleich für völlig durchgeknallt hielt. Noch ehe ich weiter darüber nachdenken konnte, wurde mir die Entscheidung unsanft abgenommen.

"Untersteh Dich, Anni," hörte ich das Raunen des Reporters. Plötzlich fühlte ich mich unendlich schwach.
"Bitte lass mich in Ruhe, " flüsterte ich, während ich matt die letzte Treppe zu meiner Wohnungstür erklomm. Ich wollte, dass er mich in Ruhe ließ, dass alles wieder normal war! Ich wünschte mir plötzlich nichts mehr, als die Tür aufzuschließen, Jan in der Küche beim Gemüse schnipseln anzutreffen, von wohligem Geruch des Essen auf dem Herd eingelullt zu werden, vielleicht romantisch bis kitschig untermalt von

einer Kerze auf dem gedeckten Tisch und etwas Musik. Ich würde ihm diesen ganzen verrückten Tag erzählen, mich in seine starken Arme werfen und ein wenig heulen. Danach hätten wir dann grenzenlos wilden Sex auf dem Küchenfußboden, und später gäbe es dann das verkochte Gemüse und ein bisschen Bier, und dann würden wir kichernd und selig schlafen gehen. Und ich würde diesen schrägen Abend abhaken, und irgendwann später mal denken, dass ich da ja wirklich mal kurzzeitig ganz schön neben der Spur war mit meinem bescheuertem Rot -Tick.
Hoffnungsvoll schloss ich die Tür auf.
"Jan?"
Er hörte mich nicht, die Tür zur Küche war geschlossen, und im Inneren lief Musik - er kochte tatsächlich.
"Hey!", lächelte er mich an, als ich die Tür öffnete, "gibt Nudeln."
Fröhlich kam er mir entgegen, doch dann stockte er. "Was ist?"
Ich sagte nichts.
"Keinen Schritt!" schrie der Reporter.

Verzweifelt blickte ich zu Jan herüber.
"Anna, alles okay?" hörte ich ihn fragen, und er sagte noch mehr, aber das verstand ich nicht, denn der Reporter brüllte dazwischen: "Und erst recht kein Wort, Anni! Ich *warne* Dich! Unterschätze mich nicht!"
Ich wollte mich widersetzen, egal, dachte ich, was soll mir eine Stimme im Kopf schon antun?
Jan stand noch immer abwartend vor mir, und ich entschied, mich ihm anzuvertrauen, was sollte schon passieren.
Ich atmete ein. In dem Moment fuhr mir ein plötzlicher, stechender Schmerz durch den Kopf, so stark, dass ich das Gefühl hatte zu implodieren.
"Anni!" hörte ich die jetzt eher blecherne Stimme des Reporters zwischen Ohrensausen und einem penetranten Brummen. Mit zugekniffenen Augen und aller Kraft drückte ich beide Hände gegen meine Schläfen, um meinen Kopf irgendwie davon abzuhalten, demnächst zu zerbersten.

Von ganz weit weg spürte ich, wie Jan mich aufgeregt an den Schultern schüttelte, doch ich war unfähig, mich mitzuteilen. "Anna!" rief er besorgt inmitten der ganzen anderen Geräusche. Da verlor ich das Bewusstsein.

Als ich wieder zu mir kam, lag ich auf dem Küchenfußboden, auf der einen Seite über meinem Kopf sah ich Jans, auf der anderen das Gesicht des einzig normalen Nachbarn in unserem Haus. Ein Tropenarzt, der fast nie in der Stadt ist und seine Wohnung eher nutzt, um seine Möbel zu lagern als sich wirklich lange dort aufzuhalten. Im Stillen schickte ich augenblicklich ein Stoßgebet an den, der Jan die Eingebung geschickt hat, erst bei ihm zu klingeln, anstatt gleich den Notarzt zu rufen. Doktor Breimann lachelte. Es war das Lächeln eines Menschen, der schon einiges in seinem Leben gesehen hatte.
"Na, Fräulein Schnell?"
"Na?" lächelte ich schüchtern zurück.
Ich fühlte mich soweit gut, vor allem,

weil ich außer der warmen Stimme des Arztes nichts hörte, was auf den neuen Spuk, der in mir vorging, hinwies.
"Können Sie aufstehen?" Jan, der völlig blass war und überhaupt nicht lächelte, und Doktor Breimann halfen mir auf die Füße. Mein Nachbar schien zu wissen, was er tut. Ich sollte allerlei Dinge tun, seine Hände drücken, ins Licht der Küchenlampe sehen und einigermaßen profane Fragen beantworten. Der Schmerz in meinem Kopf war verschwunden, als wäre er nie dagewesen. Die Stille machte mich selig.
" Naja, es kommt einem ja immer länger vor, " sagte Doktor Breimann mit aufmunterndem Blick zum blassen Jan, "aber sie sollten sich trotzdem bald mal von ihrem Hausarzt untersuchen lassen. Es gibt für alles eine Ursache."
Allerdings, dachte ich. Wenn in Deinem Kopf das los gewesen wäre, was bei mir los war, wärst Du auch ohnmächtig geworden.
Der Nachbarsdoktor verabschiedete sich, dann war es so still wie lange nicht

mehr. Ich hörte Jans Atem. Er bewegte sich nicht vom Fleck, und als er sich eine Haarsträhne hinter das Ohr strich, sah ich, dass seine Hände noch immer zitterten.
"Hey, "versuchte ich ihn zu entspannen, "ich bin okay!"
"Ach ja?" gab er fast patzig zurück.
"Anna, kiffst Du wieder?" Er klang wie meine Mutter. Ich rauchte schon seit mindestens drei Jahren nichts mehr, und als er mich in einer unserer ersten Nächte fragte, ob ich den Joint mitrauchen wolle und ich ablehnte, hatte ich ihm wohl ein wenig zu ausführlich erzählt, warum ich aufgehört hatte. Ich wurde nicht psychotisch oder so etwas in der Art. Aber irgendwann hatte ich immer, nachdem ich etwas geraucht hatte, dieses eigenartige und doch sehr unangenehme Gefühl, mir selbst zu entrücken. Dann wünschte ich mir jedes Mal, ich hätte das Gras nicht angerührt, und zählte die Sekunden, bis ich wieder nüchtern war. So etwas macht man nur ein paar Male, denn es macht keinen Spaß.

Also hab ich, nachdem ich über Jahre eigentlich jeden Tag gekifft habe, einfach aufgehört. Wahrscheinlich war ihm, der schon seit einem Jahr versuchte, aufzuhören, die Geschichte zu unspektakulär, als dass man sie nicht in einer solchen Situation wieder hervorkramen könnte.
" Wenn Du das glaubst, wärst Du sowieso nur neidisch, " murmelte ich. Ich wollte die Situation irgendwie entspannen, aber Jan hatte scheinbar gerade nicht viel Humor übrig.
"Was? Anna, ich bin grad vor Angst fast gestorben, mal ganz zu schweigen davon, dass Du ja vielleicht auch hättest sterben können!"
"Jetzt übertreib mal nicht," grinste ich. Das wollte ich eigentlich gar nicht. Ich muss wohl nicht betonen, dass es, wenn man auf keinen Fall grinsen möchte, nahezu unmöglich ist, es nicht zu tun.
Jetzt war er richtig wütend.
Wir stachelten uns weiter hoch, ich weiß auch nicht, wieso ich plötzlich so

großkotzig wurde, aber seine weiche und ängstliche Art machte mich aggressiv. Irgendwann knallte die Tür, und er war gegangen.

Vielleicht wäre es besser gewesen, wenn das unsere letzte Begegnung gewesen wäre. Aber ich wusste ja zu dem Zeitpunkt nicht, wie sehr er mich liebte und zu was ich trotzdem oder gerade deshalb noch fähig sein würde.

*

Es waren schon ungefähr fünf Tage Funkstille vergangen, als Jan wieder vor meiner Tür stand.
Ich hatte ihn kaum vermisst, und trotz der Tatsache, dass ich gerade weder arbeitete noch die Uni besuchte, war mir nicht langweilig geworden. Die Reporter waren in den vergangenen Tagen dermaßen anwesend gewesen, dass ich mich fast daran gewöhnt hatte und außerdem eigentlich nie allein war.
   Ich hatte schnell verstanden, worum es

meinen ständigen Begleitern ging:
Mir war die Aufgabe erteilt worden,
alles Rote zu registrieren. Ich war wohl
zu einer Art Medium für die Reporter
geworden.
 Niemand hatte explizit meinen Auftrag
ausgesprochen, und dennoch zweifelte ich
nicht. Ich hatte auch nicht wirklich
eine Wahl. Es war, als hätte man mir
eine Art "Rot-Sensor" eingepflanzt, der
mich förmlich dazu zwang, die Farbe
immer und überall zu registrieren.
Manchmal wurde mein Fund mit einem
Lachen oder zustimmenden Wort des
Reporters kommentiert: "Mmh, genau."
"Fast übersehen, was?" "Ja, ja…"
Dann klang er immer recht wohlwollend.
Doch innerhalb dieser wenigen Tage war
mir klargeworden, dass er nur
wohlwollend war, wenn ich so
funktionierte, wie es der Auftrag
vorsah. Wenn ich Gefahr lief, etwas
Rotes zu spät zu erkennen, wenn ich
anfing, mir Gedanken zu machen, warum
ich mich um die roten Dinge dieser Welt
kümmern sollte, wenn ich mit dem

Gedanken spielte, mich jemandem anzuvertrauen - immer dann kamen die Kopfschmerzen. Ich wusste, sie konnten mich bis ins Unendliche quälen, wenn sie wollten. Und ich hatte Angst davor. Daher fügte ich mich bedingungslos meiner Rolle. Lenkte meine Gedanken schon freiwillig um, wenn sie auf Abwege gerieten, bevor es die Reporter taten. Ich war im Prinzip verzweifelt, aber ich wusste, dass selbst solche Gedanken bestraft werden würden, und so versuchte ich, mich so unauffällig wie möglich zu verhalten und mich, so gut es ging, mit der Situation zu arrangieren.

Nach einer knappen Woche kam Jan nun vorbei. Es täte ihm leid, er hätte eben Angst um mich gehabt und sei daher wohl etwas komisch gewesen. Ich wusste, dass eigentlich ich die Komische von uns gewesen war, aber ein leichtes Stechen in der Schläfengegend sagte mir sofort, dass es für alle besser wäre, wenn wir das jetzt einfach mal unbeachtet ließen. Ich fand auch sowieso, dass reden jetzt nicht gerade das erste Mittel der Wahl

war. Also fing ich wie zufällig an, Jans T- shirt aus der Hose zu zupfen. Er küsste mich, und aus sanften Schmetterlingsküssen wurde schnell eine heftige Knutscherei.
"Anna," hauchte er mir ins Ohr, "wenn Du reden willst-"
"Könntest Du bitte den Mund halten?" hauchte ich so freundlich wie möglich zurück, denn in meinem Kopf machte sich das altbekannte Stechen breit.
"Den Mund halten ist gut!" hörte ich das höhnische Lachen des Reporters. Bitte nicht jetzt, dachte ich.
"Bitte nicht jetzt, bitte nicht jetzt, " maulte der Reporter, "Anni, das lass mal schön meine Sorge sein. Das Jetzt ist das Gift der falschen Wahl, die Alternative kann nur eine werden, wenn Du Dich bemühst!"
Ich verstand nichts von alledem, und wollte nur, dass er still war.
Jan bemühte sich inzwischen, jeden Zentimeter meines Halses mit seiner Zunge abzutasten. Ich wünschte mir, vor Ekstase zu beben, aber dafür fehlte mir

es entschieden an Konzentration. Der Reporter alberte gehässig im Hintergrund:

"Ein Kuss hier, ein Kuss da, und schon denkt er, er hätte Dich im Griff, was Anni?"

Zwischendurch ertönte ein eigenartiges Rauschen und Piepen, als würde jemand einen Radiosender verstellen.

Ich stieß Jan unsanft weg.

"Was ist?"

"Entschuldige. Ich kann nicht."

"Du kannst nicht was?" witzelte er, und umfasste neckisch meine Hüften.

"Anni! Stehst Du eigentlich auf Schmerzen?" fragte der Reporter dazwischen, "Letzte Waaaarnung!"

Ich trat einen Schritt zurück. "Hast Du Deine Tage?" fragte mein verunsicherter Freund.

"Nein! Herrgottnochmal," fuhr ich ihn an.

"Is` ja schon gut." Niemand sagte etwas, nicht einmal der Reporter.

"Soll ich gehen?" fragte Jan.

Ich sagte nichts. Ich wünschte mir, dass

er blieb, doch ich spürte den kalten Atem des Reporters im Nacken, der nur darauf zu warten schien, dass ich einen Fehler machte. Jan nahm seine Jacke von der Stuhllehne.
"Ruf an, wenn `s wieder geht," sagte er leise, und als ich ihn die Treppen heruntergehen sah ich auf seinem Rücken das Wort Enttäuschung in einer billigen Ausführung von diesen Leuchtbuchstaben stehen, die man sonst manchmal an Imbissbuden vorfindet.

*

Wieder gab es ein paar Tage Funkstille. Nicht nur zwischen Jan und mir. Überhaupt wurde es still um mich herum. Ich vermied es, daran zu denken, dass ich mich eigentlich längst bei Rosa hätte melden müssen, wenn ich weiter im Heckels arbeiten wollte.
Mit Jude und Conny wollte ich mich auch nicht treffen. Sie waren die einzigen Menschen, die ich in elf Semestern Studium mehr als drei Male außerhalb

einer Lerngruppe getroffen habe.
Lerngruppen empfand ich übrigens als eine der schlimmsten Angelegenheiten des Studiums.
Man sitzt zu fünft bei irgendeinem Kommilitonen zu Hause im WG-Zimmer auf dem Dielenboden und redet sich ein, in dieser Konstellation zu effektiveren Ergebnissen zu kommen als allein. Dabei isst man Schokoladenkekse und trinkt Tee.
Der Streber der glorreichen Fünf ist meistens weiblich und hat mit Lerngruppen schon "wirklich gute Erfahrungen gemacht".
So eine Lerngruppe wird leider auch nicht interessanter durch die eine weitere Unterart der Teilnehmer, den Mitmachern. Sie haben gehört, dass Lerngruppen zum Student sein dazugehören, hoffen "neue Leute kennenzulernen", weil "das immer lustig ist". Sie sind sehr gesellig und belegen gern Pizza selbst. Inhaltlich sind sie meist nicht einmal unmotiviert, auch wenn sie insgesamt noch nicht so richtig

wissen, warum sie tun was sie tun. Böse Zungen würden bei dieser Art (Mädels mit Vorliebe in blue Jeans und grauen enganliegenden Shirts, Typen im Polo-Shirt oder Kapuzenpulli, selbstverständlich Markenware) von eher langweiligen Zeitgenossen sprechen, aber wirklich störend sind sie auch nicht. Meistens zwei andere der fünf Lerngruppenteilnehmer würden gern lieber Bier trinken. Sie äußern sich zum jeweiligen Thema eher selten, dafür kann man durch sie Wissen erlangen in Bezug auf Musikneuerscheinungen, Konzerte, Bandbiographien oder die aktuellen Haschpreise. Sie spielen häufig Gitarre oder Bass, und falls beim Gastgeber so ein Instrument zufällig in der Ecke steht, greifen sie irgendwann aus Langeweile danach, bis die Streberin sie bittet, das doch bitte lieber in ihrer Freizeit zu tun, was ihnen ziemlich egal ist, aber da sie generell "keinen Stress" wollen, stellen sie das Ding wieder in die Ecke. Alles in allem sind es die, mit denen man sich auch

vorstellen könnte, mal außerhalb einer
Lerngruppe Zeit zu verschwenden. Alles
in allem ist es die Beschreibung von
Jude und Conny. Jude heißt eigentlich
Justus und war vor Ewigkeiten mal
verknallt in mich. Und in Conny.
Vielleicht in das halbe Semester. Dann
war er mit einer Frau zusammen in
dunklen Kleidern, Netzstrumpfhosen,
endlosen Stiefeln und großen
Umhängekruzifixen, und seit das vorbei
ist, scheint sein Interesse an Frauen
wahnsinnig nachgelassen zu haben. Man
kann mit ihm viel Bier trinken und
endlose Gespräche über Musik oder
einfach das Leben an sich führen. Würde
man sich danach drei Monate nicht bei
ihm melden, fiele es ihm möglicherweise
auch nicht weiter auf.
Conny ist lesbisch und schimpft generell
gern auf Tussis in allen Ausführungen.
Sie trägt weite Hosen und Kapuzenpullis,
obwohl sie schon länger die dreißig
hinter sich gelassen hat. Ansonsten ist
sie ziemlich belesen und hat eine Zeit
in Indien, Australien, Island und

irgendwo im Urwald gelebt. Das gibt ihr einen gewissen Weitblick, der möglicherweise die Wurzel ihres Tussihasses ist.

Jedenfalls hab ich in Jude und Conny zwei Menschen gefunden, die man wohl Freunde nennen könnte. Und trotzdem wäre mir in diesen eigenartigen Reporter - lastigen Tagen nicht eingefallen, mich mit ihnen zu treffen. Ich spürte, dass das den Reportern auch ganz recht war. So wurde ich nicht abgelenkt von meinen Auftrag, alles Rot in dieser Welt zu registrieren.

Da ich also viel Zeit "allein" verbrachte, hatte ich wenig Ablenkung von der alles umkreisenden Frage, die sich mir immer stärker aufdrängte - warum der Fokus auf die Farbe Rot? Ich hoffte, wenn ich das Rätsel lösen würde, würden die Reporter Ruhe geben und verschwinden, denn sie bestimmten mehr und mehr meinen Tagesablauf. Ich wachte von ihrem Flüstern auf. Oft verstand ich gar nicht, was sie genau flüsterten, meistens waren es Wortfetzen oder

Kommentare. "Ah, jetzt wacht sie auf, guck, jetzt wacht sie auf….Augen reiben….neuer Tag!…Ha! Guck!…..pssst, sie wacht auf…".

Wenn ich einkaufen ging, kommentierten sie meinen Gang durch die Regale, und natürlich wurde ich auf große Ansammlungen der Farbe Rot hingewiesen. Oft waren dann auch andere Anweisungen damit verbunden.

Ich durfte mich den Tomaten nicht zu sehr nähern und musste vorher abbiegen. Bei den Dingen, die ich für mich einkaufen wollte, durfte eigentlich gar kein Rot die Verpackung zieren, sofort wurde die Überlegung, eine Verpackung mit roter Schrift zu kaufen, mit einem warnenden "Anni…!" kommentiert. Das schränkt die Auswahl mehr ein, als man zunächst denken würde, und so konzentrierte sich meine Ernährung auf Brot mit Kräuterquark, Billigmarken-Fischstäbchen, Bananen und Salat in allen Variationen.

Nachmittags machte ich endlos lange Spaziergänge, denn ich hatte das Gefühl, dass die Reporter und ich uns dann irgendwie besser verstanden. Sie waren dann weniger höhnisch, und ich traute mich eher, sie laut zurechtzuweisen, wenn sie mich mit ihren Kommentaren gar nicht mehr in Ruhe ließen, als wenn ich unter Menschen oder völlig allein in meiner Wohnung war.

Manchmal wurden sie gemein. Wenn ich über meine Zukunft nachdachte, flogen schnell Sätze wie "Du kannst ja doch nichts," oder "mach Dir keine Mühe, Du bist zum Nichtssein geboren, jawohl Anni, zum Nichtssein. Zum *Nichts* sein…." Als ich mir überlegte, mich endlich mal bei Rosa zu melden, um den Job im Heckels nicht völlig aufzugeben, wurde mir diese Idee schnell verdorben: "Rosa ist doch froh, dass sie Dich los ist! Das weißt Du genau, Anni!" Ich konnte die dämlichen Kommentare oft nicht beiseite schieben, so sehr ich es auch versuchte.

Die Kopfschmerzen, die sie mir zufügen konnten, waren grausam, und so wagte ich es nicht, die Reporter in irgend einer

Weise zu provozieren oder ihnen zu widersprechen.

*

"Hallo, hier ist Jan," hörte ich eine sanfte Stimme am anderen Ende der Leitung. Er hatte mich geweckt, obwohl es schon ein Uhr mittags war. Schizophren zu werden schien anstrengend zu sein.
Ich hatte den ganzen Abend damit verbracht, konstruktive Zeichnungen mit allerlei Pfeilen und Querverweisen auf mehreren Zetteln von post-it- bis Plakatgrösse zu erstellen, um endlich das System der Rotfokussierung zu ergründen. Ich erhob mich vom Sofa, auf dem ich wohl vor circa zwölf Stunden eingeschlafen sein muss.
" Habe ich Dich geweckt?" fragte Jan.
"Was? Nein," log ich, "ich habe gelesen."
"Du studierst weiter?" ein freudiger Unterton in seiner Stimme war mir nicht entgangen. Ich schaute auf die ganzen

Zeichnungen, die mir jetzt sehr viel verworrener vorkamen als am Abend zuvor.
"Quasi," antwortete ich.
"Hey, toll! Ich hab mir in den letzten Tagen echt Sorgen gemacht. Du meldest dich ja gar nicht."
"Ich hatte viel zu tun."
"Wollen wir uns sehn?"
Ich wartete ab. Nichts passierte. Dabei ging ich fest davon aus, dass mir da gleich jemand die Entscheidung abnehmen würde.
"Bist Du noch dran?"
"Ja."
Stille. Ich wagte es nicht, mich darüber zu freuen, doch ich wollte die Situation nutzen.
"Hast Du Lust auf Kino?" fragte ich und fühlte mich dabei, als wäre es unser erstes date.
"Ja!" jauchzte es förmlich am anderen Ende.
Mir war klar, ich hätte Jan auch einen Besuch im Klärwerk anbieten können.
Seine Stimme war die eines Sehnsüchtigen, eines Verliebten. Aber

auch ich freute mich über den Strohhalm Normalität an diesem Morgen.

*Sie* waren still. Waren sie weg? Und wenn ja, warum? Oder warteten sie ab? Worauf? Wozu waren sie fähig? Was gab es außer Kopfschmerzen? Hatte ich auch die Aufgabe, sei zu "beachten", wenn ich ihre Anwesenheit nicht spürte? Ich traute dem Frieden einfach nicht.
Die neue Stille hielt den ganzen Tag an. Außer einem dezenten Brummen, das sich hin und wieder für ein paar Sekunden in meinem Kopf breit machte, gab es nichts Verdächtiges.
Ich nutzte die neu erworbene Ruhe, um meine Wohnung aufzuräumen.
Eine Grundreinigung war dringend nötig. Ich entsorgte die braunen Bananen und die leeren Bierflaschen, die ich in gefüllter Form abends zum Einschlafen benutzte. Die verworrenen Zeichnungen konnte ich jedoch nicht entsorgen. Sie lagen wie ein Teppich überall in der Wohnung verteilt, und da ich das Gefühl hatte, dass es sich dabei um eine von

den Reportern bestimmte Anordnung handelte, ließ ich sie liegen. Als ich mich bei diesem Gedanken ertappte, wurde mir klar, dass es jetzt nicht einfach vorbei war.

Ich stieg unter die Dusche. Erst, als das Wasser meinen Kopf berührte, fiel mir auf, dass es Tage her sein musste, dass ich das letzte Mal etwas betrieben hatte, das unter den Begriff Körperpflege fiel, und plötzlich war ich nicht mehr sicher, ob ich wirklich nur ein oder zwei Abende über Konstruktionszeichnungen gesessen hatte und nicht vielleicht eine ganze Menge mehr.

Als ich das Wasser abgestellt hatte, lief es einfach weiter. Jedenfalls wurde ich das Geräusch des Plätscherns über eine halbe Stunde nicht mehr los. Es kann einen nervös machen, zu hören, man stünde unter der Dusche, während man sich eincremt.

Die Dusche hatte es leider nicht geschafft, meine Augenringe abzuspülen.

Ich hatte ewig nicht in den Spiegel geschaut, aber das, was ich da sah, sah nicht gerade gesund aus. Meine Haut hatte eine Art Grauschimmer bekommen. Gelbliche Augenringe zierten mein Gesicht, und irgendwie sah ich im Gegensatz zu sonst irgendwie eingefallen aus. Jetzt wäre die Frage nach akutem Drogenkonsum durchaus berechtigt.
Ich tat mein Bestes, was die Trickkiste der Frauenkosmetik hergab, ohne wie ein Paradiesvogel auszusehen, und machte mich auf den Weg zum Kino.

\*

Es war für mich nach den letzten Tagen fast nicht zu glauben, aber eine Stunde später saß ich zufrieden mit meinem Freund, Popcorn und Bier auf einem samtigen Kinositz.
Der Film war ein independent - Projekt. Manchmal frage ich mich, was vorher da war, der Film oder die Bezeichnung "independent". Diese Filme haben meist eine verworrene bis gar keine Handlung,

und ich halte es für gut möglich, dass die Macher erst nach Fertigstellung eines solchen Werks beschließen, es als "indi" zu betiteln, nämlich dann, wenn sie feststellen, dass der Film zu verworren und unlogisch ist, als dass er einen durchschnittlichen Zuschauer halten könnte.
Mir war es fast egal, was sich da auf der Leinwand abspielte. Ich genoss die Geräuschkulisse, die nicht vom Gequatsche der Reporter oder anderen Nebengeräuschen durchtränkt war.
Jan nahm meine Hand. Er schien glücklich, dass ich nun doch nicht aus seinem Leben verschwunden war, auch wenn die ersten Minuten unseres Treffens ein wenig verkrampft gewesen waren.
Jetzt schien das vergessen. Wir stopften das Popcorn in uns hinein, als wäre das Laufen des Films von unserem permanenten Kauen abhängig. Dabei mussten wir häufig grinsen, denn am Seufzen der Besucher hinter uns war eine gewisse Genervtheit bezüglich der Geräuschkulisse zu spüren. Ich war eher witzig aufgelegt, ertappte

mich sogar bei dem Gedanken an die hinteren Reihen: "Ja, schon nervig, wenn man immer was hört, was irgendwie nicht dazugehört, was?" Selbstironie ist etwas Gutes manchmal.

Auch Jan schien es unterschwellig irgendwie Freude zu bereiten, die anderen zu nerven. Ich möchte es mal so sagen: Ein wirklich sozialer Abend war das nicht, aber herrlich normal.

Nach dem Film hatte ich Lust, Jan mit nach Hause zu nehmen um mit ihm zu schlafen.

Kichernd wie zwei verknallte Teenager liefen wir die Treppe zur Wohnungstür hinauf. Ich fühlte mich euphorisch, was vor allem der Abwesenheit der Reporter zuzuschieben war, aber die neue Leichtigkeit des Seins übertrug sich auch auf Jan.

Ich schloss die Tür auf und rannte geradewegs zur Toilette, um die drei Bier schnell loszuwerden. Jan erzählte gerade eine witzige Anekdote über einen seiner Bandkollegen, als ich hörte, wie er ins Stocken geriet.

"Ja? Und dann?" rief ich aus dem Bad in den Flur.
Es kam keine Antwort.
"Bist Du noch da?"
Ich kam aus dem Bad und sah, dass Jan im Wohnzimmer Licht angemacht hatte. Er stand wie angewurzelt im Türrahmen.
"Anna – " Er stockte.
Sein Blick konnte sich scheinbar nicht mehr abwenden vom Wohnzimmerboden. Ich hatte vergessen, dass dieser ja noch völlig bedeckt war von meinen konstruktiven Zeichnungen über die "Rot-Problematik". Der Anblick schien zu schockieren.
"Was ist das?" flüsterte er.
In dem Moment waren sie wieder da. Lauter und wütender denn je schrien die Reporter in meinem Kopf: "Anni! Halt den Mund! Es geht ihn nichts an! Raus! Schick ihn raus!"
Ich wurde panisch.
"Jan, komm hier raus. Das ist jetzt echt zu schwer zu erklären," wand ich mich.
"Ach ja?" fragte er verständnislos und hielt mir eines von den großen Plakaten

entgegen. Es trug, recht mittig, die
Aufschrift `Das Rot ist das Verderben
der lebenden Alternativen!´ Um diesen
Satz herum waren Zeichnungen von
Pfützen-artigen Gebilden mit
Beschriftungen wie `Blutlache´ oder auch
`der dunkle Schatten der Seele´.
Teilweise waren die Worte durch Striche
oder Pfeile miteinander verbunden.
Hätte man mich in diesem Moment nach dem
Sinn dieses Schemas gefragt, so hätte
ich zugeben müssen, dass er selbst mir,
der Zeichnerin dieses Bildes, auch
vorerst abhanden gekommen war.
Schade, dass ich keine Kunststudentin
bin, dachte ich, dann könnte ich mich
jetzt definitiv besser herausreden.
"Das soll schwer zu erklären sein? Glaub
ich Dir sofort. Ich bin gespannt."
"Jan, lass das. Du tust ja gerade so,
als hätte ich jemanden umgebracht."
"Vielleicht hast Du das auch!"schrien
die Reporter, und mein Kopf begann zu
dröhnen.
"Anna, das sieht hier alles völlig *irre*
aus! Und hast Du mal in den Spiegel

geguckt in der letzten Zeit? Du siehst
echt nicht gut aus! Bitte sag mir, dass
diese ganzen Zettel irgendein
alternatives Ding sind oder so! "
Das Dröhnen in meinem Kopf übertönte
langsam Jans Worte. Stattdessen hörte
ich andere, mal mehr, mal weniger laut:
"Verrat! …psst… er muss weg…. was hast
Du gedacht, Anni, was hast Du gedacht?….
rot ist die Liebe…. rrrrrooot ist der
Tod!…"
"Lass mich!" schrie ich Jan förmlich an.
Er kam auf mich zu.
"Anna, soll ich Dir helfen?"
Panisch wich ich zurück. "Bleib steh
´n!" Das Dröhnen machte mich verrückt,
und je näher Jan kam, desto quälender
wurde es.
"Is´ ja schon gut," hörte ich ihn, aber
er ging weiter auf mich zu.
"Weg! ….Was hast Du gedacht? ……Anniiii!"
dröhnte es.
Beim Rückwärtsgehen sah ich die Schere
auf dem Sideboard im Wohnzimmer liegen.
Blitzschnell griff ich nach ihr und
hielt sie drohend in Jans Richtung.

Ich hatte mich nicht mehr unter Kontrolle.
So muss es sich anfühlen, besessen zu sein - Ich war innerlich tatsächlich kurz davor, meinen Freund abzuschlachten.
"Weg!" schrie ich.
"Spinnst Du!? Anna!" Jan hatte Angst.
"Ich warne Dich!" rief ich gegen das Dröhnen an. Ich hatte das Gefühl, gegen einen Sturm anbrüllen zu müssen.
"Schongut, schongut! Ich werde jetzt meine Jacke nehmen und gehen, okay? Und später ruf ich Dich an, okay?" In Zeitlupentempo nahm er seine Jacke von der Stuhllehne.
Ich stand weiter vor ihm, die Schere jederzeit bereit, zuzustechen.
Plötzlich rannte er an mir vorbei zur Wohnungstür.
"Geh doch! " schrie ich ihm hinterher.
Als die Tür hinter ihm lautstark ins Schloss fiel, hörte es schlagartig auf, in meinem Kopf zu brummen.
Stattdessen flüsterte der Reporter.
"Endlich, was, Anni? Das hätten wir, …

hast Du gut gemacht, Anni, lernt schnell die Kleine, lernt schnell,…"
Ich sah hinunter auf die aufgeklappte Schere in meiner Hand. Sie zitterte. Der Raum drehte sich, und ich stützte mich am Sideboard ab, um nicht hinzufallen. So tastete ich mich vor zum Sofa, bis ich mich auf das Kissen fallen lassen konnte. Meine Zunge klebte am Gaumen. So saß ich da, die Schere in der Hand, ohne jede Bewegung, bis zum Morgen.

*

Manchmal habe ich mich gefragt, warum Jan in der Nacht keine Hilfe geholt hat. Vielleicht dachte er, mich so vor irgend etwas zu schützen. Vielleicht wollte er die Situation auch einfach nicht wahrhaben. Dass er es für normal hielt, von seiner Freundin mit einer aufgeklappten Schere bedroht zu werden, wage ich zu bezweifeln.

Ich hab ihn, bis ich in die Psychiatrie kam, nicht wiedergesehen.

Aber bis ich dorthin kam, dauerte es auch noch eine Weile.

*

Die Zeit nach der Kino-Nacht ist in meinen Erinnerungen in Nebel gehüllt.
Die Ereignisse dieser Wochen chronologisch zu ordnen, würde mir schwerfallen.
Meine Tage bestanden hauptsächlich aus Dialogen mit den Reportern, die dazu führten, dass ich mit anderen und vor allem realeren Menschen kaum noch in Kontakt trat.
Die Reporter waren längst nicht mehr freundlich. Sie beleidigten und verletzten mich permanent, schafften es binnen weniger Wochen, mein Selbstwertgefühl auf den Nullpunkt zu schrauben.
Wenn sie mich mal für einen halben Tag in Ruhe ließen, hörte ich entweder Ersatzgeräusche wie das Rauschen der Dusche oder das penetrante Brummen, oder die Stille fühlte sich so ekelhaft

trügerisch an, dass ich fast erleichtert war, wenn die Reporter wieder auftauchten. Da sie bald so ziemlich mein einziger Kontakt waren, hatte ich manchmal das Gefühl, sie würden mich vor der Einsamkeit bewahren, anstatt mich hineinzustoßen.
Wenn ich auf andere Menschen traf, im Supermarkt oder auf der Strasse, war ich zu einem normalen Gespräch kaum in der Lage. Ich wusste, dass ich mich immer parallel mit den Reportern über den Inhalt der Unterhaltung besprechen musste, sodass für mein Gegenüber eigenartige Schweigeminuten entstanden.
Einmal traf ich Conny im Park. Sie wirkte erschrocken über unsere Begegnung.
Ich gebe zu, dass ich mir mindestens eine Woche lang die Haare nicht gewaschen hatte, denn durch meine permanenten "Rot - Forschungen" war meine Körperpflege vorerst zweitrangig geworden.
Conny fragte mich, ob ich krank gewesen sei, ob ich auch genug esse und allerlei

anderes hilfsbereites Zeug. Zum Glück dauerte es nicht lange, und die Reporter befreiten mich unmissverständlich durch Androhung von Schmerzen aus der Situation.
Ich litt fast permanent unter Spannungskopfschmerzen.
Ich hatte selten Hunger, zumal mir teilweise recht genau vorgeschrieben wurde, was ich wann essen dürfte und was nicht.
Meine Wohnung sah aus wie ein Schlachtfeld. Wäsche waschen hatte ich mir, nachdem sich das Wasser in der Waschmaschine zwei Male plötzlich blutrot gefärbt hatte, komplett abgewöhnt, die Klamotten lagen einfach überall verteilt in der Wohnung. Ähnlich verhielt es sich mit Geschirr, aber da ich sowieso kaum welches benötigte, hielten sich die Schimmelkulturen in der Küche noch in Grenzen.
Da, wo der Teppichboden zwischen den ganzen Zeichnungen noch zu sehen war, zierten ihn zwei große Brandlöcher – einmal war ich bei brennender Kerze, die

ich wohl mit dem Fuß umgestoßen hatte, eingeschlafen, ein anderes Mal krabbelte ein wohl vom Sommer übriggebliebener Marienkäfer über den Boden - mir blieb nichts anderes übrig, als ihn mit dem Feuerzeug nachhaltig zu vernichten.
Meine Nachbarn sah ich überhaupt nicht mehr. Ich schaute immer sorgfältig und lange durch den Türspion und lauschte dann noch eine Weile ins leere Treppenhaus, bevor ich die Wohnung verließ.
Ich wusste, meine Mission war mehr als geheim, und sie erforderte so wenig Menschenkontakt wie möglich.
Niemand durfte Verdacht schöpfen.

Irgendwann hatte ich das Gefühl, bei meinem Auftrag, das System hinter all dem Rot zu entschlüsseln, kurz vor dem großen Durchbruch zu stehen.
Und dann kam der Moment, in dem es mir wie Schuppen von den Augen fiel.

\*

Den ganzen Tag schon hatte ich
gegrübelt, wohin mich mein Auftrag
eigentlich irgendwann bringen sollte.
Nachmittags war ich auf meinem
Spaziergang Zeuge eines schrecklichen
Unfalls geworden, und seitdem ließen
mich die Reporter keine Sekunde
unbeobachtet.

Das Verrückte an schlimmen Unfällen ist,
dass niemand diese Bilder im Kopf haben
möchte, und trotzdem schaut jeder hin.
Man fühlt sich penetrant angezogen von
dem ganzen Matsch, kann den Kopf nicht
abwenden. Je fieser der Unfall, je mehr
Blut, je mehr Krankenwagen und ernste
Gesichter, desto stärker ist seine
Anziehungskraft. Hat man dann das ganze
Elend bis ins Detail entdeckt, will man
das Gesehene wieder loswerden.
Dabei war man es selbst, der um das
Kopfkino gefleht hat!
An der Kreuzung hatte ein PKW wohl die

Vorfahrt eines LKWs übersehen. Dieser wiederum hatte den PKW an sich übersehen, was dazu geführt hatte, dass der jetzt kaum noch als ein Fahrzeug zu erkennen war. Es ließ sich anhand der vielen Rettungssanitäter und vor allem anhand der doch beachtlichen Blutlache auf der Fahrbahn vermuten, dass der PKW-Fahrer seinem Wagen recht ähnlich war.
"Nicht hinsehen, Anni!" rief der Reporter, doch ich spürte, dass er eigentlich das Gegenteil von mir verlangte.
Ich blieb im Schutz eines Baumes stehen und beobachtete den Schauplatz. Da blieb mein Blick plötzlich an der Blutlache hängen. Das dunkelrote Blut schien noch zu pulsieren. Als wäre der riesige Blutsee auf der Straße die Fontanelle des Asphalts, an dessen Oberfläche man deutlich den Herzschlag der Stadt erkennen konnte.
Plötzlich kam es mir vor, als hätte mir jemand eine Art Spezialfilter aufgesetzt, durch den ich nur noch alles Rote, das an dem Unfall beteiligt war,

wahrnehmen konnte:
den Feuerwehrwagen, die Männer in der roten Dienstkleidung, das ganze Blut, den roten zermatschten Golf, den roten Streifen auf der Sauerstoffflasche und das rote zerplatzte Plexiglas der zersprungenen Blinklichter, das sich auf der Fahrbahn in winzigen Splittern verteilt hatte.
Ich sah einfach *alles*. Und da wusste ich es:
Es gab noch eine andere Macht als die Reporter. Stärker. Die Reporter waren nur Mittel zum Zweck.
Und es schien noch eine Macht zu geben: eine, die mich warnen wollte. Ich war in Gefahr. Wenn ich nicht achtgab, würde bald mein eigenes Blut überall pulsierend zu finden sein. Ob die Reporter bei dem ganzen Spiel nun Freund oder Feind waren, war erst einmal nicht wichtig.
Ich rannte nach Hause, denn ich musste dringend etwas überprüfen.
So schnell ich konnte, hechtete ich die Treppe hinauf zu meiner Wohnung, schloss

mit zitternder Hand die Tür auf und rannte ins Bad.
Im Spiegel sah ich, was ich geahnt hatte. Sie wollten *mich*. Sie wollten *mich vernichten*. Denn die Bedrohung der Macht wurde durch nichts anderes verübt als durch *meine Existenz*.
Meine roten Haare strahlten durch das Licht, das durch das Badezimmerfenster hereinfiel, noch viel stärker als sonst. Ich wurde oft um meine Haare beneidet. Sie waren schon immer feuerrot gewesen, dick und lang.
Nun war mir mehr als klar, wie sie mich genau dadurch kontaktierten - es steckte in meinen Haaren! Sie waren gleichzeitig Kern der Bedrohung und Kern des Kontaktes zu mir.
"Du hast es," flüsterten die Reporter, "Du hast es ,…Du weißt es…. weißt was zu tun ist,… Du weißt es, Anni, …nichts zu verlieren…." Ich versuchte, in ihrer Stimme zu lesen, ob sie mir helfen oder mich vernichten wollten.
Aber eine Wahl hatte ich sowieso nicht. Ich nahm den Langhaarschneider, den Jan

irgendwann einmal bei mir zwischen
geparkt hatte, aus der Schublade, und
steckte sein Kabel in die Steckdose.
"So ist gut, Anni, es ist die einzige
Lösung, und das auch nur vielleicht…."

\*

Massen an roten langen Haaren zierten
nun meinen Badezimmerboden. Ich schob
sie angewidert mit den Füssen zusammen.
"Sieh hin, Anni. Es ist wichtig, dass du
hinsiehst!" beriet mich der Reporter.
Ich sah in den Spiegel.
Meine Augenringe hatten sich optisch nun
vollends in meinem Erscheinungsbild
durchgesetzt. Mein vorher weibliches
Gesicht wirkte jetzt nur noch krank und
eingefallen.
Ich sah aus wie ein Flüchtling einer
geschlossenen onkologischen Chemo-
Station, wenn es so etwas überhaupt
gibt.
Da es aber um Leben und Tod ging, nahm
ich mein neues Gesicht mit einer kalten
Gelassenheit hin.

Da klingelte das Telefon.
Weiter mein Spiegelbild anstarrend, wartete ich, dass es aufhörte.
Kurzzeitig tat es das auch, aber der Anrufer war hartnäckig.
Ich schlich zum Apparat. War das ein Trick? Sie mussten ja auch merken, dass die Verbindung zu mir seit einigen Minuten schlechter geworden war.
"Wer ist das? …mag das sein? …wird es sein?…." Die Reporter waren durch die Rasur jedenfalls nicht verschwunden.
Zögernd nahm ich den Hörer ab.
"Anna?" hörte ich Connys Stimme.
Ich räusperte mich.
"Ja?" hauchte ich.
"Hi! Ich wollt mal fragen, wie´s dir geht und ob alles klar ist und so."
Es bestand kein Zweifel. Sie waren skrupelloser, als ich gedacht hatte. Conny war in Beschlag genommen worden. Geschickt, dachte ich. Aber nicht geschickt genug.
Ich knallte den Hörer auf und rannte in die Küche.
Panisch riss ich die Schubladen auf.

Das Einzige, was mir passte und den gesuchten Zweck erfüllen konnte, war das metallene Nudelsieb. Ich betete, dass es genügend Aluminium-Anteil unter der Emaille - Beschichtung hatte, um sie abzuschirmen.
Ich setzte es wie einen Helm auf den frisch rasierten Schädel und rannte alle Treppen hinauf, auf das Flachdach meines Mietshauses.
"Das schaffst Du nie! Weil Du *nichts* schaffst!" höhnten die Reporter.
Ich versuchte, sie so gut es ging zu ignorieren. Je weniger Zeit ich verlor, desto besser.
Ich weiß gar nicht, ob ich in dem Moment, als ich die Dachluke öffnete, einen wirklich konkreten Plan hatte, zumal ich mir auch gar nicht sicher war, ob der Kontakt zu alldem wirklich von oben kam.
Aber ich hatte auch keine Zeit, nun noch über Details nachzudenken.
Ich musste das einfach alles irgendwie beenden, und ich war bereit, dafür einiges an Schmerzen zu ertragen, bevor

auch noch Conny und alle anderen in das Desaster hineingezogen würden.
Ich riss die Luke auf. Hier über dem fünften Stock schien es windiger und kälter als gedacht, und erst jetzt bemerkte ich, dass mein Oberkörper völlig unbekleidet war - ich hatte alles inklusive BH ausgezogen, als ich mir die Haare abrasiert hatte.
Doch das konnte mich nun auch nicht mehr abhalten.
Ich rannte über das Dach. Der Dachabschnitt meines Mietshauses war verbunden mit weit mehr anderen Dächern, als ich zu hoffen gewagt hatte, und so lief ich zunächst einige Zeit aufgeregt über die verschiedenen Flachdächer, bis ich glaubte, den optimalen Sende - und Empfangsplatz gefunden zu haben.
Dabei stand ich ironischerweise wieder auf meinem eigenen Dach.
Inzwischen hatte es angefangen zu regnen.
Ich stellte mich wie ein römischer Krieger mit Blick zum Himmel auf. Meine Brüste waren kalt, und der Regen

trommelte auf meinen Nudelsieb - Helm.
"Ich bin bereit!" schrie ich aus vollem
Hals in den wolkenverhangenen Himmel,
meine Hände zu Fäusten geballt.
"ICH - BIN - BER - EIT!"
Es geschah nichts.
"So einfach? hast Du das gedacht, Anni?"
fragte der Reporter.
Ich gab nicht auf.
"BE - REIIIIIT!" schrie ich immer
wieder, und wartete, bereit für alles,
was da kommen konnte, auf eine
Rückmeldung.
"Frau Schnell, was machen sie da?" hörte
ich plötzlich eine Stimme hinter mir.
Erschrocken drehte ich mich um - es war
Doktor Breimann, der Tropenarzt.
"Mein Gott," hörte ich ihn stammeln.
"Keinen Schritt!" schrie ich ihn an. Ich
stand nicht unmittelbar am Rand des
Daches, aber ich auch nicht so weit
davon entfernt, dass man meine Aussage
hätte missverstehen können.
"Ist gut, ganz ruhig, " antwortete der
verstörte Doktor. Ich konnte nicht
erkennen, ob er auch schon in *ihrer*

Gewalt war, aber ich hielt es für möglich.

"Kommen sie," flüsterte er, und streckte seine Hand aufmunternd in meine Richtung.

Ich starrte ihn an, denn ich wusste nicht, was ich sonst tun sollte.

"Hauen Sie ab!" brüllte ich, und dabei klopfte ich mit den Fingerknöcheln so laut es ging an das Nudelsieb, das sich ja noch immer auf meinem Kopf befand.

"Frau Schnell - "

"Aaaaaaahhhh!" begann ich zu kreischen, als hätte er mich durch das Aussprechen meines Namens abgestochen.

"Schon gut, schon gut, " rief der Doktor beschwichtigend und lief zurück zur Dachluke, bevor er darin verschwand.

Erleichtert, dass die Ablenkung verschwunden war, drehte ich mich wieder in Richtung der Dachkante und wartete, dass ich nun endlich Kontakt bekam zu *ihnen*.

Kurze Zeit später jedoch wurde ich wieder abgelenkt, dieses Mal von Sirenengeräusch. Ich lief zum Rand des

Daches und schaute herunter auf die Strasse.

Vor dem Haus standen eine ganze Reihe von Feuerwehrleuten, ein Rettungswagen und ein Feuerwehrwagen. Das Rot des Wagens glänzte verräterisch durch das Regenwasser.

Ein Dutzend Schaulustiger hatte sich außerdem vor dem Haus eingefunden. Sie schauten allesamt hoch zu mir, und ich versuchte, ihre Anwesenheit zu deuten - was war ihre Aufgabe in diesem gefährlichen Spiel? Ich war mir recht sicher, dass sie eben nicht nur einfache Schaulustige waren. Doch ob sie auf meiner Seite standen oder auf der anderen, ob ich sie retten oder vernichten sollte - all das blieb für mich im Verborgenen.

Plötzlich hörte ich erneut Stimmen hinter mir. Dieses Mal waren es ein Mann und eine Frau, die ich noch nie in meinem Leben gesehen hatte.

"Frau Schnell?"
Die zierliche Frau vom Typ

Grundschullehrerin blieb neben der Luke im Regen stehen. Ihre halblangen naturbraunen Haare klebten nass an ihren Wangen. Sie tat mir leid.
Der Mann kam erst gar nicht auf das Dach, sondern schaute nur durch die Luke. Ich fragte mich, ob er Interesse daran hatte, meine Brüste genauer zu erkennen, und rief ihm zu : "Schade, dass sie kein Fernglas mitgebracht haben, was?"
Er sagte nichts. Stattdessen meldete sich wieder die kleine nasse Frau zu Wort.
"Frau Schnell. Ich habe den Eindruck, dass es ihnen gar nicht gut geht."
"Sie will Dich verführen. Sie hat es darauf abgesehen. Das weißt Du, Anni!"
Ich wusste nicht, ob die Reporter damit wirklich recht hatten, denn bedrohlich sah sie nun wirklich nicht aus.
"Darf ich näher kommen?" fragte sie freundlich.
Ich sagte nichts.
Sie blieb weiter stehen.
"Frau Schnell, ich mache mir gerade

Sorgen um sie," sagte sie.
"Sie kennen mich doch gar nicht!" rief ich zurück.
"Das stimmt," ihre Stimme klang sanft. "aber ich muss sie nicht kennen, um zu sehen, dass es ihnen nicht gut geht."
Wieder sagten wir beide nichts mehr.
"Ich komme jetzt zu ihnen, ist das okay?"
Ich wusste es nicht. Ich wusste überhaupt nicht mehr, was okay war.
Die Frau kam mir langsam entgegen.
"Anni, es reicht!" brüllte der Reporter.
Ich schaute wieder über den Dachrand. Man hatte ein Sprungkissen aufgebaut, aber es war rot, natürlich, dachte ich..
Ich hatte das Gefühl, in der Falle zu sitzen.
Die Frau blieb ungefähr fünf Meter von mir entfernt stehen.
"Kommen sie", sagte sie.
"Das wirst Du nicht tun!" brüllte der Reporter.

Da setzten die Kopfschmerzen ein, vernichtend und unmissverständlich.

Ich glaube, sie waren der eigentliche Grund für meine Entscheidung, vom Dach zu springen.

*

Das Leben zieht noch einmal an einem vorbei, sagt alle Welt immer. Wenn man kurz vor seinem Tod stünde, sähe man den Film seines Lebens.

Ich kann das nicht bestätigen.
Vielleicht hat das auch bei mir nicht funktioniert mit dem Film, weil ich das Sprungkissen ja vorher schon gesehen hatte.
Oder weil meine Intention ja gar kein Selbstmord an sich war.
Ich hab nicht weiter gewusst da oben auf dem Dach. Und als ich so gern die nasse Hand der kleinen Frau genommen hätte, wurden die strafenden Kopfschmerzen so stark, dass ich wirklich glaubte, sie keine Sekunde länger ertragen zu können.

Ein Fall aus dem fünften Stock kommt

einem tatsächlich recht lang vor.
Ich hörte, wie das Geschrei der
Zuschauer immer lauter wurde, und mit
einem guten Ausgang der Situation
rechnete ich nun wirklich nicht mehr.
Das letzte Bild, an das ich mir erinnern
kann, ist das Nudelsieb, das scheppernd
auf die Strasse knallte. Es war mir wohl
vom Kopf gerutscht.
Dann wurde es um mich herum dunkel.

\*

"Frau Schnell? Können Sie mich hören?"
Die einfühlsame Stimme, die sich
plötzlich bemerkbar machte, kam mir
ungelegen. Ich träumte gerade, ich
stünde vor dem Traualtar. Wer der
Bräutigam war, konnte ich nicht wirklich
erkennen, aber es fühlte sich gut an.
Als ich soeben mein Jawort geben wollte,
wurden wir unterbrochen.
"Frau Schnell, machen sie mal die Augen
auf bitte!"
Langsam verabschiedete sich das

Schlafgefühl. Ich blinzelte in einen ungemütlichen Halogen-Strahler.
"Seit zwölf Stunden, ja?"
"Ja."
"Vitalzeichen waren permanent o. B.?"
"Ja."
"Mmh. Haben wir denn das EEG auch schon?"
"Unauffällig."
Ich öffnete die Augen. Am Fußende meines verdächtig nach Krankenhaus aussehenden Bettes standen zwei Menschen in weiß. Die dritte, eine weibliche Person, stand zumindest so nah, dass ich ihr Namensschild erkennen konnte: Fr. Kramer, Krankenschwester. Mir fiel auf, dass sie nicht in weiß gekleidet war.
Da entdeckte sie, dass ich wach war.
"Oh, hallo, Frau Schnell!"
"Hallo," meine Stimme klang heiser.
"Guten Tag Frau Schnell," meldete sich der große, lange, weiße Mann zu Wort. "Wissen sie, wo sie sind?"
"Nein," gab ich zu.
"Sie befinden sich auf der akutpsychiatrischen Station im

Marienkrankenhaus. Seit ihrer Aufnahme sind gut zwölf Stunden vergangen."
Ich sagte nichts. Was soll man auch sagen zu einer solchen Information.
"Tut ihnen irgendetwas weh?"
"Mein Kopf und mein Nacken."
Der Arzt bat mich, mich aufzusetzen. Glücklicherweise war mein Oberkörper nicht mehr unbekleidet.
Man hatte mich zwar meiner Jeans entledigt, aber dafür trug ich ein helles T-shirt an, das ich nicht kannte. Viel später hörte ich von der Existenz einer "Kleiderkammer" auf der Station, die das Auftauchen des fremden Kleidungsstückes wahrscheinlich erklärt. Diese Kammer, eine Art Fundus, ist ein Sammelsurium an gespendeten oder von irgend jemandem aussortierten Kleidungsstücken, die als Ersatzkleidung dienen, wenn jemand unausgestattet oder, wie ich, halb nackt aufgenommen wird. Im Gegensatz zu somatisch ausgerichteten Stationen ist es auf einer psychiatrischen Aufnahme-Station nämlich nicht gerade selten, dass die Patienten

nicht richtig bekleidet, geschweige denn sonst irgendwie auf einen Krankenhausaufenthalt vorbereitet sind(bzw. seine Notwendigkeit überhaupt einsehen).
Während der Arzt meine Bewegungsfähigkeit gewissenhaft überprüfte, erklärte er mir die Sachlage.
Bei meinem Fall aus dem fünften Stock war ich wohl ohnmächtig geworden. Dadurch wäre ich wohl "relativ entspannt" auf dem von der Feuerwehr aufgebauten Sprungkissen gelandet, sodass ich körperlich - und die Betonung dieses Wortes empfand ich irgendwie als provokant - außer eines Schleudertraumas unversehrt geblieben war.
Außer den wenigen Momenten zwischendurch, an die ich mich beim besten Willen nicht erinnern konnte, hatte ich, wie er weiter berichtete, seit meiner Einlieferung geschlafen.
"Frau Schnell. Können sie erklären, wie es zu der Situation auf dem Dach kam?"
Kein Reporter sagte etwas. Da ich mich

aber weiterhin völlig benommen fühlte, lag die Vermutung nahe, dass man mir irgendein Medikament gegeben hatte und die Reporter dadurch zum Schweigen gebracht worden waren.
Ich wusste nicht, was ich antworten sollte.
"Das ist eher schwierig zu erklären," sagte ich leise.
"Dann versuchen sie es doch einfach mal," antwortete der Arzt.
Frau Kramer und der andere Arzt rührten sich nicht vom Fleck. Sie alle drei schauten mich erwartungsvoll an. Ich konnte beim besten Willen keinen klaren Gedanken fassen.
"Ich kann mich gerade nicht gut konzentrieren."
"Das glaube ich, Frau Schnell. Wir haben ihnen ein Sedativum gegeben. Daher auch ihre Mudigkeit. Können Sie vielleicht trotzdem versuchen, meine Frage zu beantworten? Was haben sie auf dem Dach gewollt?"
Langsam fühlte ich mich bedrängt.
Ich wusste nicht, wie ich anfangen

sollte, die ganze Situation, inklusive den Reportern, meinen Rot-Forschungen und überhaupt allem zu erklären.
"Ich wollte etwas gegen die Kopfschmerzen tun," sagte ich vorsichtig.
Nun hatte ich nicht nur Angst vor den Reportern, sollte ich mit einem Bericht beginnen. Denn genauso wenig konnte ich die Reaktion der weißen Fraktion auf meine Geschichte abschätzen. Ich wusste nicht, wie man sich in einer geschlossenen Psychiatrie am besten verhält, um die Dinge nicht unnötig zu verschlimmern.
"Sie wollten etwas gegen die Kopfschmerzen tun," wiederholte der Arzt.
"Ja."
"Was waren das denn genau für Kopfschmerzen?"
Man ließ nicht locker.
"Sssscchhhhhhhh," hörte ich plötzlich. Obwohl es ein eher tonloser Laut war, wusste ich, dass sie wieder da waren.
"Frau Schnell? Ich denke mir, die

Schmerzen müssen doch recht stark sein, wenn man von einem Hausdach springen möchte."
Der Arzt sah mir direkt in die Augen. Ich konnte seinem Blick nicht standhalten und fixierte das Namensschild von Frau Kramer, nur um ihn nicht anschauen zu müssen.
"Die Schmerzen müssen doch recht stark sein!" witzelte der Reporter.
"Ich möchte bitte jetzt nichts mehr sagen." murmelte ich.
Nach einer Stille im Raum, die mir endlos vorkam, wurde meine Bitte tatsächlich akzeptiert.
"In Ordnung. Ruhen sie sich aus. Ich werde später noch einmal allein nach ihnen schauen."


Die Männer verließen das Zimmer, und Frau Kramer wandte sich zu mir.
"Ich werde Ihnen jetzt etwas zu trinken bringen und schauen, ob Ihnen die Kollegen das Frühstück zurückgestellt

haben. Möchten Sie lieber Wasser mit oder ohne Kohlensäure trinken?"
Ich kam mir blöd vor, denn schließlich fühlte ich mich ja nicht wirklich krank, nur müde.
"Ich kann mir das Wasser auch selbst holen," murmelte ich.
"Das geht leider im Moment nicht, Frau Schnell. Es steht im Aufenthaltsraum auf der anderen Seite."
Ich verstand nicht.
"Auf der anderen Seite? Wovon?"
"Unsere Station ist geteilt in einen offenen Bereich und einen Akutbereich. Und da sie noch auf dem Akutbereich sind-"
"Dann geh ich eben rüber!" Ich fuhr sie unbeherrschter an, als ich wollte.
Mir fiel auf, dass sie an ihrem Gürtel eine Art Pieper oder Funkgerät trug, und dass ihre Hand, als ich aus Versehen etwas lauter geantwortet hatte, wie automatisch in die Nähe dieses Piepers rutschte.
"Das geht im Moment nicht."
Ich spürte eine gewisse Panik in mir

aufsteigen. Aber ebenso klar war mir, dass Frau Kramer wohl nichts für die Umstände konnte, und trotz des höhnenden Lachens der Reporter im Hintergrund bemühte ich mich um Fassung.
"Wann geht das denn wieder?" fragte ich seufzend.
"Das wird der Richter entscheiden. Um vierzehn Uhr haben sie die Anhörung."
Langsam aber sicher dämmerte mir nun das Ausmaß der Situation, in die mich die Reporter gebracht hatten.
Da ich momentan bis auf ein nerviges Kichern im Hintergrund nichts von ihrer Anwesenheit hörte oder spürte, fragte ich mich, ob es wirklich nötig gewesen war, bis hier hin zu kommen. Aber nun war ich hier und der Gedanke erschien mir in Anbetracht der weißen Wände um mich herum eher überflüssig.
"Das heißt, ich könnte jetzt nicht einfach gehen? Es gibt doch diese Bescheinigungen, gegen ärztlichen Rat und so."
"So einfach ist das leider nicht."
Ich bewunderte die kleine

Krankenschwester für ihre Geduld.
"Wenn jemand eigen- oder fremd gefährdend ist, kann man ihn per Psych-Ka- Ge auch gegen seinen Willen unterbringen. Damit das aber mit rechten Dingen zugeht, muss innerhalb von vierundzwanzig Stunden ein Richter kommen und die Sachlage kontrollieren. Und dann kann man weitersehen."
Ich verstand nicht alles, was mit Sicherheit auch an der bleiernen Müdigkeit lag, die mich umhüllte. Aber das, was ich verstand, machte mir Sorgen.
Ich schluckte.
"Ich hol` ihnen jetzt mal Wasser."

*

Die Zeit bis zur Anhörung verbrachte ich im Zimmer. Ich weiß nicht, ob ich es hätte verlassen dürfen. Die Tür hatte von innen keine Klinke, sodass ich eher nicht davon ausgehen würde.
Das Fenster des Raumes war sinnvoller Weise aus Milchglas, nur ganz oben gab

es einen kleinen durchsichtigen Spalt, der mir ermöglichte, den weiterhin grauen Himmel zu sehen.
An der angrenzenden Wand dazu befand sich ein Fenster mit normalem Glas, dahinter, also außerhalb meines Zimmers, war eine Jalousie. Das Fenster führte allerdings nicht nach draußen, sondern in einen anderen Raum, der wohl ein Dienst- oder Schwesternzimmer war. Da man freundlicherweise die Jalousie offen gelassen hatte, konnte ich die Menschen, die sich in diesem Raum aufhielten, beobachten.
An einer Seite des Raumes schien sich eine Art Tresen zu befinden. Irgendwann um die Mittagszeit sah ich Frau Kramer dahinter stehen. Sie teilte einer ganzen Schlange von Patienten Medikamente aus. Jeder von ihnen, mit einer kleinen Wasserflasche bewaffnet, hielten die Hand auf, wenn er oder sie an der Reihe war. Frau Kramer bemühte sich die ganze Zeit um ein freundliches Gesicht.
Hin und wieder sah jemand weiß gekleidetes bewusst zu mir durch die

Jalousie. Sie hatten alle Namensschilder an ihren T- shirts und wie Frau Kramer diese Pieper am Gürtel.

Es war keine Frage - ich stand engmaschig unter Beobachtung und das bildete ich mir in diesem Fall ganz offensichtlich nicht ein.

Von meinem Zimmer ging ein Raum ab, den man wohl im entfernten Sinne als Badezimmer bezeichnen konnte.

Außer den hellen Kacheln befand sich in ihm eine Art Klotz aus Metall, aus dem man geschickt eine Toilette und eine zweite Grube geformt hatte, die man als Waschbecken bezeichnen konnte, wenn sie auch keinerlei Armaturen besaß.

Es gab lediglich zwei in das Metall eingelassene Knöpfe, die man drücken konnte, einen für die Klospülung und einen für Wasser, das dann in das Waschbecken lief.

Wie man die Dusche, die lediglich aus anderen Fliesen unten und einem in die Decke eingelassenen Duschkopf bestand, aktivieren konnte, war mir nicht ersichtlich.

Später erfuhr ich von einer Mitpatientin, dass man das An - und Ausschalten des Duschwassers nur über das Schwesternzimmer steuern konnte.
Mein Bett hatte weder Fuß - noch Kopfteil. Außer ihm war in dem Raum nichts - kein Stuhl, kein Nachtschrank, kein Bild an der Wand, keine Gardinen, nicht einmal ein Mülleimer, kurz gesagt, der Begriff einer "schlichten Einrichtung" bekommt in Angesicht eines akutpsychiatrischen Überwachungszimmers eine sehr viel tiefere Bedeutung.
Frau Kramer besorgte mir tatsächlich Frühstück - zwei schon aufgeschnittene Brötchen, dazu etwas Käse und Marmelade. Das ganze wurde serviert auf einem Plastikteller, mit einem Plastikmesser, dessen Schärfe mit der eines Mundspatels zu vergleichen war. Außerdem gab es einen Kaffee, selbstverständlich in einem Becher aus Plastik.
Sie stellte mir das Frühstück auf die Fensterbank, was mir bei den fehlenden Gelegenheiten in diesem Raum schon fast als trickreich vorkam.

Ich hatte tatsächlich Hunger.
Doch leider passierte etwas Unvorgesehenes, fast schon in Vergessenheit Geratenes.
Als ich nach der ersten Brötchenhälfte griff, sah ich gerade noch rechtzeitig, dass es Erdbeermarmelade war, die bestechend rot in dem kleinen Aluminium-Töpfchen prunkte. Ich hatte vergessen, dass es alles andere als vorbei war.
"Du weißt es doch, Anni," hörte ich eine altbekannte Stimme flüstern,
"auf welcher Seite stehst Du?"
"Ja, auf welcher Seite?" riefen mindestens fünf Stimmen durcheinander.
"Das Rote ist immer das Tote!" hörte ich sie rufen.
Ich ließ von dem Frühstück ab und setzte mich verzweifelt auf die Bettkante.
Mit der nachlassenden Müdigkeit waren sie zurückgekommen, und sie hatten mich im Griff wie vorher.
Ich strich mir über die rasierte Glatze.
Wie war das möglich?
Wie war es möglich, obwohl ich mich von allen meinen roten Haaren getrennt

hatte?

Ich war mir so sicher gewesen, dass es die Lösung sein würde, dass ich so die Verbindung kappen könnte und die Reporter sich einen neuen Informanten suchen müssten!

Da kam mir eine Idee - die Schamhaare! Ich hatte sie nicht rasiert, obwohl sie rot waren. Aus irgendeinem Grund hatte ich mich gedanklich nur auf mein Kopfhaar fixiert.

Ich wusste nicht, ob es die Lösung war, aber versuchen wollte ich es zumindest.

Ich ging an das Fenster mit der Jalousie und klopfte.

Frau Kramer stand in dem Raum gegenüber und ein junger Mann, der ebenfalls ein Namensschild trug.

Blicke wurden ausgetauscht, Frau Kramer verließ das Sichtfenster und erschien einige Sekunden später in der Tür meines Zimmers.

Da ich durch meine Idee eine gewisse Aufregung spürte, ging ich wohl recht schnellen Schrittes auf sie zu.

Blitzschnell trat sie ein und schloss

die Tür geräuschvoll hinter sich, die Hand hielt griffbereit die kleine Schnur, die an ihrem Pieper angebracht war. Im Augenwinkel sah ich, dass der junge Mann aus dem Nebenzimmer an der Jalousie stand und mich beobachtete. Ich kam mir vor wie ein Massenmörder.
"Zurück!" rief Frau Kramer.
"Setzen sie sich bitte auf das Bett."
Mir kam das ein wenig übertrieben vor, aber da ich ja etwas von ihr wollte, und das möglichst schnell und noch vor der Anhörung, gehorchte ich.
Frau Kramer wies auf einen kleinen Knopf neben der Tür.
"Wenn sie hier drücken, können sie klingeln. Das ist, denke ich, besser als wenn sie an das Fenster klopfen."
"Okay. Ich habe eine Bitte."
"Noch einen Kaffee?" fragte Frau Kramer.
"Nein, danke. Hätten sie vielleicht einen Einmalrasierer für mich?"
Wohl eher unbewusst zog mein Gegenüber die Augenbraue hoch.
"Darf ich fragen wofür?"
"Natürlich nicht, " flüsterte der

Reporter, und weil ich darüber so irritiert war, wiederholte ich es stumpf.
"Natürlich nicht."
Frau Kramer seufzte.
"Frau Schnell. Sicherlich ist ihnen schon aufgefallen, dass sich in diesen heiligen Hallen kaum Ecken und Kanten, weder Keramik, noch Glühbirnen, keine Möbel, geschweige denn ein Duschvorhang oder eine Mülltüte befinden. Das ist so, weil wir verhindern wollen, dass sich jemand selbst verletzt. Deshalb werde ich ihnen jetzt keinen Rasierer geben können."
"Aber es ist wichtig!"
"Das mag sein, aber es ändert nichts. Möchten sie noch einen Kaffee?"
Angesichts des miesen Versuchs, mich abzulenken, war meine Antwort eisiges Schweigen.
"Es ist gleich zwei," sagte sie, als sie den Raum verließ,
"vielleicht erklären sie dem Richter ja, wofür sie den Rasierer brauchen."
Als sie die Tür hinter sich zugezogen

hatte, dachte ich, dass sie müde aussah,
die Frau Kramer.
Und dass sie morgens freundlicher
gewesen war.

\*

Den Namen des Richters habe ich schon in
dem Moment vergessen, als er ihn mir
gesagt hat, und den seines Begleiters
("Guten Tag, ich bin Herr Ixypsilonzett,
der Verfahrenspfleger,") sowieso.
Obwohl die beiden Herren sich große Mühe
gaben, es sich nicht anmerken zu lassen,
wirkten sie auf eine seltsame Art
deplaziert in meinem Überwachungsraum.
Der Richter erfüllte all meine Klischees
über solche - er war von großer, breiter
Statur, mit schweren Stoffen bekleidet,
drückte sich übertrieben gewählt aus und
wirkte ein wenig zu mondän. Er flößte
einem zweifellos Respekt ein, aber
bemühte sich auch um einen respektvollen
Umgang.
Sein Schatten, Herr Ixypsilonzett, war
nicht mehr als ein solcher und mischte

sich nur durch seine physische Anwesenheit in das Geschehen.
Mit dem Gericht war der Arzt vom Morgen mit ins Zimmer gekommen; entgegen seiner Ankündigung, er würde mich später noch einmal allein besuchen, war dies unser zweites Zusammentreffen.
Die Situation war mir schon unangenehm, bevor der wirklich unangenehme Teil, nämlich die Anhörung an sich, angefangen hatte.
Ich wurde ähnlich wie am Morgen ausgefragt: was ich auf dem Dach wollte, warum das Nudelsieb, warum die Glatze, ob ich mich umbringen wollte oder immer noch wolle, ob mich jemand kontrolliere, und wenn ja, wer oder was.
Leider waren die Reporter im Laufe des Vormittags wieder aus ihren Löchern gekrochen und störten die Unterhaltung permanent.
Sie äfften die Worte des Richters nach, kommentierten seine Schuhe, ermahnten mich immer, wenn der Richter ihnen durch seine Fragen zu nah kam, zum Schweigen.
Ich gehorchte.

Die Herren vom Gericht und der Arzt waren nervtötend. Vor den Reportern aber Reportern hatte ich Angst. Ich wusste, dass sie in der Lage waren, mir die Schmerzen meines Lebens zuzufügen.
"Eine andere Frage hab` ich noch," vermeldete der Richter nach einer halben Ewigkeit, nach der ich eigentlich schon das Gefühl hatte, es gäbe nicht eine Frage mehr auf der ganzen Welt, die er noch nicht gestellt hatte.
"Die Schwester hat gesagt, sie hätten einen Rasierer gewünscht. Warum?"
"Anni!" brüllte der Reporter.
Ich war nicht sicher, ob der Richter noch weiter gesprochen hatte, aber das war mir in der letzten Stunde schon hundert Male passiert, sodass er meinen irritierten Blick wohl schon kannte.
Ich spürte, dass ich nichts sagen durfte.
"Frau Schnell?"
Alle Blicke im Raum waren auf mich gerichtet.
"Wollten sie sich verletzen?"
"Nein."

"Aber?"
Ich war kurz davor, durchzudrehen.
"Nichts aber."
Ich rang um Fassung.
"Eine Frage, noch eine Frage, eine Frage ist eine Frage zu viel…" hörte ich sie im Hintergrund, und sie sprachen nur aus, was ich dachte.
"Frau Schnell, wenn jemand in einer solchen Situation dringend einen Rasierer verlangt, - "
Da begann ich zu schreien.
Ich konnte nicht anders. Ich wusste, dass es der Situation alles andere als zuträglich war, aber ich konnte dem Druck von zwei Seiten, den Reportern von innen und dem Gericht von außen, nicht eine Sekunde mehr standhalten.
Ich schrie kein Wort oder so etwas, ich hatte mich einfach auf einen schrillen hohen Ton eingeschossen, der es tatsächlich schaffte, Reporter wie Richter gleichermaßen zum Schweigen zu bringen.
Leider hatte dies außerdem zur Folge, dass wieder der Pfleger an der Jalousie

erschien und nach kurzem Blickwechsel mit dem Arzt beide in mein Zimmer ebenfalls kamen, der Pfleger einen kleinen Medizinbecher in der Hand haltend.
Niemand rührte sich vom Fleck, und als mein Hals zu schmerzen begann, hörte ich auf zu schreien.
Nun meldete sich zur Abwechslung der Arzt zu Wort.
"Frau Schnell, wenn ich ihnen einen Tipp geben darf - lassen sie sich auf eine Behandlung ein. Herr Hansen wird, denke ich, eine Unterbringung für eine gewisse Zeit festlegen. Lasen sie uns diese Zeit nutzen, ihnen wirklich zu helfen."
In meinem Kopf rauschte es, und ich wollte nur noch allein sein.
"Ich denke, ich habe ausreichend Einblick in Ihr Befinden, um eine Entscheidung treffen zu können, die ihnen von Nutzen sein soll," schleimte Richter Hansen.
"Vielen Dank, Frau Schnell."
"Ich möchte Ihnen ein Medikament geben, dass sie ein wenig zur Ruhe kommen

lässt," sagte der Arzt, und erst da bemerkte ich, dass mein ganzer Körper massiv zitterte.

"Anni! Lass Dich nicht täuschen!" flüsterte der Reporter.

Der Arzt nahm dem Pfleger den Becher aus der Hand und kam einige Schritte auf mich zu.

"Und wenn ich es nicht nehme?" fragte ich leise, und wich automatisch zurück, als wäre ein Gas in dem Becher, dass ich auf keinen Fall inhalieren dürfe.

"Es gibt in diesem Fall die Möglichkeit, ihnen das Medikament auch gegen ihren Willen als Injektion zu verabreichen."

Ich schaute reflexartig zu Richter Hansen, der zweifellos so aussah, als würde er dieser Alternative in jedem Fall zustimmen, wenn es nötig wäre.

"Anni! Das wirst Du nicht tun! Du wirst das Gift nicht nehmen!" hörte ich die Reporter.

Ich saß in der Klemme.

"Ich kann nicht, " antwortete ich heiser.

"Und warum können Sie nicht?" fragte der Arzt, und seine Augen sahen lieb aus.
Da die Kopfschmerzen langsam einsetzten, wollte ich kein Risiko mehr eingehen, den Zorn der Reporter zu wecken.
"Es geht nicht."
Der Blick des Arztes wandte sich zum Pfleger: "Machst Du bitte einmal Ciatyl Accu i.-m. fertig?"
Dieser nickte, und mit ihm verließen der Richter und sein Gefährte den Raum.

"Frau Schnell, ich möchte wirklich lieber, dass sie das Medikament oral zu sich nehmen. Wir wollen ihnen doch nicht unnötig Schmerzen bereiten." versuchte der Arzt es wieder.
Ich sah ihn nur mit versteinerter Miene an, zu mehr fühlte ich mich nicht mehr in der Lage.
"Wenn es hart auf hart kommt, Anni, dann muss es sein, dann MUSS - ES -SEIN!" schrien *sie* von allen Seiten gleichzeitig.
Der Pfleger kam in Begleitung von drei weiteren, unter anderem Frau Kramer,

zurück.

Sie hielt meinen Kopf, als sie mich zu fünft auf die Matratze des Bettes drückten, mir die Jeans öffneten und die Nadel in meinem Oberschenkel versenkten.

Eigentlich bin ich kein aggressiver Mensch, und ich hatte mich bis dahin noch nie in meinem Leben körperlich gegen etwas gewehrt.

Aber mir blieb keine andere Wahl, ich hatte sozusagen die Pflicht, wenigstens zu *versuchen*, sie von der Medikamentengabe abzubringen, und da ich wusste, dass die Reporter genau darauf achten würden wie sehr ich es versuchte, konnte ich nicht anders.

Dass der Arm des Arztes gleich zu bluten anfing von meinem Biss, überraschte mich selbst.

Als sie mir die Hand - Manschetten anlegten und diese mit dem Bettgestell verbanden, dachte ich noch, wenn das jetzt der Arm des Arztes wäre, in den ich gebissen hatte, würde sich der weiße Stoff der Manschetten ziemlich schnell rot färben.

Rot, dachte ich, hab ich´s doch gewusst.
Dann schlief ich wohl ein.

*

Die nächsten Stunden, die, wenn auch nur knapp, zu Tagen wurden, verbrachte ich in einem eigenartigen Dämmerzustand aus Halbschlaf - und Trancegefühlen.
Zeit und Raum fühlten sich relativ an.
Die Reporter meldeten sich selten, und wenn, dann nur leise und für mich meist kaum zu verstehen. Es hörte sich dann immer an, als sprächen Menschen in einem Raum über mich, der durch mindestens zwei Türen von meinem getrennt war.
Das Innere meines Mundes war permanent so trocken, als hätte man ihn mit einem Fön bearbeitet.
Sie hatten mir schon nach kurzer Zeit eine Hand losgebunden, reichten mir in Abständen Wasser oder ein belegtes Brot.
Da ich aber auch ohne Brot schon das Gefühl hatte, an dem Staub in meinem Mund zu ersticken, lehnte ich ab.

Mein Rücken schmerzte höllisch, da ich mich dank der Fußmanschetten und des Bauchgurtes nicht gerade viel bewegen, geschweige denn auf die Seite oder den Bauch drehen konnte.
Irgendwann musste ich wirklich dringend pinkeln.
Es war ein Alptraum.
Eine Schwester brachte mir ein Steckbecken, das sie trotz des Bauchgurtes irgendwie zwischen meinen Po und die Matratze rammte.
Ich hatte in meinem ganzen Leben noch nie in so ein Becken "Wasser lassen" müssen, wie man dort fast liebevoll zu sagen pflegte.
Das Gefühl der Erniedrigung war nur durch meinen schläfrigen Gesamtzustand zu ertragen, und dennoch war es beim Anblick der Schwester mit dem Steckbecken so qualend, dass mir stumm die Tränen über die Wangen liefen.
Die Schwester tat so, als würde sie es nicht sehen. Im Nachhinein bin ich mir aber nicht einmal mehr sicher, ob ich wirklich weinte, oder nur gern geweint

hätte.
Jedenfalls konnte ich nicht in dieses Steckbecken urinieren.
Hin und wieder steckte die Schwester den Kopf zur Tür herein und fragte, ob ich schon "Erfolg" gehabt hätte.
In Anbetracht meiner Lage, fixiert in einem Bett einer geschlossenen Psychiatrie, weil ich einem Arzt den Arm blutig gebissen hatte, fand ich das Wort "Erfolg" dermaßen daneben, dass ich ihr auch gern so einiges abgebissen hätte, aber ich sagte nichts, es wäre sowieso zu anstrengend gewesen, bei der vor Müdigkeit fast lahmen Zunge und der maximal möglichen Trockenheit meiner Mundschleimhaut. Wenn ich , was selten vorkam, mit knappen Worten eine Frage beantwortete oder um etwas bat, merkte ich, dass ich lallte.
Daher schwieg ich, wann immer es möglich war.
Obwohl ich mir sicher war, dass meine Blase das nicht mehr lang aushalten würde, blieb das Steckbecken leer, und ich dämmerte, trotz des Drucks im

Unterbauch, immer wieder weg.
Irgendwann wurde ich durch eine Berührung am Arm geweckt.
"Frau Schnell? Aufwachen! Wir müssen das Laken wechseln."
Der Willen meiner Blase hatte sich im Schlaf durchgesetzt, und wäre ich nicht fixiert gewesen, wäre ich auf der Stelle im Boden versunken.
Das Einzige, was half, war, dass die Geschichte den Schwestern absolut egal zu sein schien, und von Erfolg wurde nun endlich auch nicht mehr gesprochen.
"Tut mir leid," murmelte ich, in meinem eigenen Urin schwimmend.
"Schon okay, "antwortete eine junge Schwester, die ich zuvor noch nicht gesehen hatte.
Auf ihrem Schild stand "Frau Anselm".
Sie war im Gegensatz zu ihrer Kollegin, die auf der anderen Seite des Bettes stand, sehr viel behutsamer, wenn sie mich anfasste.
Nacheinander wurde ich erst auf der einen, dann auf der anderen Seite defixiert, sodass man das Laken unter

mir ausbreiten konnte, ohne dass ich nur ein Mal völlig frei war. Ich kam mir vor wie ein wildes Tier.

Einige Zeit, nachdem die Schwestern das Zimmer verlassen hatten, kam der Arzt, dem ich in den Arm gebissen hatte, herein.
Mir wurde übel.
Er teilte mir emotionslos mit, dass man nun den Versuch machen wolle, mich zu defixieren, ich aber vorerst noch "zimmerisoliert", wie er sich ausdrückte, bleiben werde.
Er ginge davon aus, dass ich von nun an die Medikamente freiwillig nehmen würde und weder ihn, noch anderes Personal, in irgendeiner Weise, sei es verbal oder körperlich, bedrohen oder angreifen würde.
Da sich selbst dazu die Reporter nicht äußerten, hielt ich das für machbar.
"Das mit dem Arm tut mir leid," würgte ich heraus.
Der Arzt sah flüchtig auf den Verband an seinem Unterarm.

"Ich bin froh, das zu hören."
Er sah mich lange an.
Dann löste er mit einem kleinen roten Magnetknopf aus seiner Kittel - Tasche jegliche Gurte an meinem Körper. Ich registrierte durchaus, dass der Knopf rot war. Doch diese bleierne Müdigkeit hatte sich in meinem Kopf ausgebreitet wie ein Hefekloß, sodass die Information glücklicherweise nicht zu ihnen durchdringen konnte.
"Ich werde die Schwestern bitten, die Dusche anzustellen, damit sie sich frisch machen können."
Dr. Grahl, wie ich inzwischen seinem Schild entnommen hatte, schloss leise die Tür hinter sich.
Ich blieb noch eine ganze Weile in genau der Position liegen, in der ich nun schon die ganze Zeit gelegen hatte. Fast hatte ich Angst vor so viel Spielraum, und ebenso hatte ich Angst, mein Kreuz würde bei der ersten richtigen Bewegung zerbersten.
Das Geräusch der Dusche riss mich aus der Totenstarre und ich schleppte mich,

um hundertfünfzig Jahre gealtert, in das metallene Bad.

\*

Mit der Dusche und der Abenddämmerung wagten sich auch die Reporter wieder ein wenig vor.
Ihre Stimmen wurden lauter und nervenaufreibender. Sie kommentierten Geräusche auf dem Gang, ermahnten mich ständig, zum Jalousie - Fenster zu schauen, stellten - zumindest, was das Geräusch anging - immer mal wieder das Wasser der Dusche an, sodass es in meinem Kopf nur so prasselte.
Nachdem mir das Abendbrot auf dem schon bekannten Plastikgeschirr serviert wurde, kam Frau Anselm mit dem kleinen Medikamentenbecher ins Zimmer.
Die Reporter atmeten spürbar zum Protest ein.
Ich hatte Angst, sie würden mir die Einnahme verweigern, denn wenn ich eins nicht wollte, dann wieder fixiert in diesem Bett liegen und ein voll

gepinkeltes Laken unter meinem Hintern gewechselt bekommen.
Ich hob die Hand in Richtung des Medizinbechers, den Frau Anselm mir geduldig entgegenhielt.
"Anniiiiii! Jetzt haben sie dich aber ganz schön eingelullt, wie?" hörte ich sie rufen.
Da ich wusste, dass das nur der Anfang war, riss ich Frau Anselm förmlich nach kurzem Zögern den Becher aus der Hand und schluckte die bittere Flüssigkeit so schnell ich konnte. Ich hatte nur die Chance, darauf zu vertrauen, dass mir diese kleine Frau helfen würde, wenn die Kopfschmerzen einsetzten.
Frau Anselm lächelte.
Die Reporter quatschten durcheinander, sodass ich nur Wortfetzen verstand.
"….Versager,…. Schiß gekriegt, was….?…. die Anni….."
Entgegen meiner Befürchtungen blieben die Kopfschmerzen aus.
Schnell überkam mich wieder das bleierne Dämmerungsgefühl und meine Zunge klebte am Gaumen.

Doch ich war irgendwie erleichtert.
Obschon ich an diesem Abend noch nicht annähernd wusste, was richtig war, wem ich vertrauen konnte und wollte und wem nicht, ob ich die Reporter jemals wieder loswerden konnte, ohne permanent sediert zu sein - an diesem Abend nahm ich die Stille, die ich so lang vermisst hatte, dankbar an.
In jener Nacht fühlte ich mich auf seltsame Weise geborgen in diesem kahlen Überwachungsraum, ohne Fernseher, ohne Rotes, ohne irgend etwas.
Eingehüllt in leise Geräusche auf dem Flur anstatt in meinem Kopf, umgeben von schwachem Licht, dass vom Schwesternzimmer durch das Überwachungsfenster schien, fiel ich in traumlosen Schlaf.

\*

Nach gut zehn Stunden vollkommener Ruhe, zwei Brötchen auf Plastik und einer Visite, die mal wieder mit der Drohung "Ich komme dann später noch mal zu

ihnen" endete, saß ich, schon wieder unbeschreiblich müde, auf der Bettkante in meiner Überwachungshöhle und lauschte den Geräuschen auf dem Flur.
"Ihr habt mir gar nix zu sagen!" hörte ich eine Frauenstimme aus vollem Halse kreischen. Es war keine Reporterstimme oder dergleichen. Mit einer Geräuschkulisse wie dieser wurde man einfach regelmäßig geschickt daran erinnert, wo man sich befand.
Die Reporter hielten sich im Hintergrund. Seitdem ich nachdem Frühstück den Inhalt des Medizinbechers brav geschluckt hatte, tuschelten sie in der Ferne, ließen mich aber eher außer Acht.
Es klopfte, und Frau Kramer kam herein. Dass sie klopfte, fand ich einerseits irgendwie respektvoll und nett, andererseits wussten wir ja beide, dass sie so oder so den Raum betreten würde, was das ganze dann doch ein wenig grotesk wirken ließ.
"Frau Schnell?"
"Ja?"

"Ich habe noch ein paar Fragen an sie. Das gehört zum Aufnahmeprozess. Aber da sie in den letzten zwei Tagen - "
Sag es ruhig, dachte ich. "Zu irre waren"?
" - nicht wirklich aufnahmefähig waren, "
"Guuuut die Kurve gekriegt, Schlampe!" Mischten sich dann doch die Reporter ein.
" komme ich jetzt damit." beendete Frau Kramer ihre Ansprache.
"Okay."
Ich glaube, dass sie sich gern gesetzt hätte, aber es war ja nun auch nicht gerade auf meinem Mist gewachsen, dass ich ihr keinen Stuhl anbieten konnte. So stellte sie sich ans Fenster und benutzte das Fensterbrett als Unterlage für ihre Schreibutensilien.
"Also. Wir haben bis jetzt noch keine Telefonnummer über einen Angehörigen oder jemanden, der im Fall eines Falles benachrichtigt werden sollte."
"Im Falle eines Falles?" Was hatten die vor?

"Cave, Anni, Caaave!" Klar, auch die Reporter wurden bei solchen Formulierungen hellhöriger.
"Naja, ein Ansprechpartner. Ihre Mutter, ihr Partner. Sie sind ja im Prinzip per Zuführdienst bzw. dann mit dem Krankenwagen gekommen. Natürlich mussten wir ihre Identität herausfinden. Da ihnen bei ihrem - Sturz - nichts passiert ist, haben wir aber aktuell keinen Grund dafür gesehen, über ihren Willen hinweg jemanden zu benachrichtigen."
Na wenigstens was, dachte ich.
Wen sollte ich nennen?
Meine Eltern haben sich vor einem guten Jahrzehnt scheiden lassen.
Mit meinem Vater hatte ich seit Jahren nicht einmal mehr Kontakt zu den üblichen Jetzt- wird- alles- gut- Feiertagen wie Weihnachten oder unserem Geburtstag.
Mein Bruder befand sich zurzeit für zwei Jahre in Mexiko.
Er ist vier Jahre jünger als ich, studierte Geographie und war an

irgendeinem Boden - Forschungsprojekt
beteiligt. Wenn er Fotos von seiner
Arbeit in Mexiko schickte, stand er
eigentlich immer mit ein paar
braungebrannten Jünglingen in Erdlöchern
herum, hielt Messlatten oder Gefäße mit
Erde in der Hand und sah nicht so aus,
als würde er da in seinem Erdloch irgend
etwas vermissen.
Meine Mutter lebte circa hundertfünfzig
Kilometer von mir entfernt. Der Kontakt
war nicht schlecht, aber nur oder gerade
WEIL er sporadisch war. Er war noch viel
sporadischer, seitdem sie nach ihrer
Depression Ole kennengelernt hatte.
Ole ist ein netter Kerl, Norweger und
Harley-Fan. Ich mag ihn, auch wenn ich
die Veränderungen an meiner Mutter
durchaus registriere und mich frage,
inwiefern es unbedingt nötig ist, sich
in dem Alter plötzlich Lederjacken und -
Hosen anzueignen.
Ole ist für meine Mutter irgendwann nach
Deutschland gezogen.
Ich muss mir seitdem keine Sorgen mehr
um sie machen.

Aber ich glaubte, das letzte, was sie braucht, ist die Nachricht, dass ihre Tochter, die ja schon immer etwas *anders* war, in der geschlossenen Psychiatrie steckt, weil sie mit einem Nudelsieb als Helm und oben ohne von einem Mehrfamilienhaus gehopst ist.
Ich dachte an Jan.
Ihm vertraute ich. Aber unsere letzte Begegnung war für ihn wahrscheinlich weniger vertrauenerweckend, und wahrscheinlich hatte er inzwischen einiges dafür getan, mich vergessen.
Conny und Jude sind klasse, aber ja irgendwie eben eher in Verbindung mit Bier als mit Psychosen.
Nennt man es einsam, wenn man niemanden hat, den man als Angehörigen auf dem Anamneseblatt einer geschlossenen Psychiatrie angeben möchte?
Wenn man nicht sofort eine Nummer nennt, ohne Angst haben zu müssen, dass man die falsche Person damit belastet? Oder selbst belastet wird?
Selbst bei einer fiesen Darm- Operation, bei der ich danach mit an Sicherheit

grenzender Wahrscheinlichkeit einen künstlichen Darmausgang hätte, hätte ich alle diese Menschen als Kontaktpersonen angegeben, ohne mit der Wimper zu zucken.
Aber hier war die Sachlage irgendwie anders.
"Also, wen soll ich aufschreiben?" mischte sich Frau Kramer in meine Gedanken.

Franka. Ich hatte in letzter Zeit nie an sie gedacht. Und als sie mir in diesem Augenblick einfiel, tat mir das plötzlich leid.
Franka war meine älteste Freundin.
Wir kennen uns aus dem Kindergarten.
Nach der Scheidung meiner Eltern sind wir weggezogen. Franka und ich waren damals beide zwölf, und von da an verlief unsere Entwicklung doch recht unterschiedlich.
Sie machte nach der Schule eine Ausbildung zur Bankkauffrau und heiratete mit gerade mal zwanzig.
Inzwischen lebt sie mit ihrem Mann in

einer eigenen Doppelhaushälfte ganz in der Nähe von dem Spielplatz, auf dem wir unsere halbe Kindheit verbracht haben. Wenn ich meine Mutter und Ole besuche, was ungefähr ein Mal im Jahr der Fall ist, fahre ich auf einen Kaffe zu ihr und bestaune ihre Herzchen -Leonardo -Gläser in der hässlichen Vitrine. Und trotzdem hat sie einen Platz in meinem Herzen und ihre Vitrine auch.

"Franka Gerste, äähh, Stremmel," sagte ich.
Frau Kramer schien misstrauisch. Da man sich aber vorstellen kann, dass nicht jeder Patient an diesem Ort gleich real existierende Personen als Ansprechpartner nennt, nahm ich es ihr nicht übel.
"Sie hat geheiratet. Früher hieß sie Gerste."
Frau Kramer schien mir zu glauben.
"Also, null eins vier - "
"Haben sie nicht jemanden, der näher wohnt? Ist sie eine Verwandte?" unterbrach sie mich.

"Sie ist meine beste Freundin."
Das Argument schien so schlagkräftig, dass keine weiteren Fragen mehr gestellt und die Nummer notiert wurde.
Die anderen Fragen waren weniger schwierig. Ob ich zur Zeit berufstätig wäre, ob ich Haustiere hätte und wenn ja, wer sich jetzt um sie kümmere, ob Allergien bekannt seien und ob ich vorher schon einmal in der Psychiatrie gewesen sei.
Am Nachmittag durfte ich diese und hundertfünfzig andere Fragen noch einmal Doktor Grahl beantworten. Er bohrte natürlich tiefer, wollte wieder wissen, wie es zu der Situation auf dem Dach kam, was es mit dieser "Rot - Geschichte" auf sich hätte und vieles mehr.
Eine Stunde zuvor, nachdem ich mehr oder weniger erfolgreich ein Schnitzel mit dem Plastikmesser bearbeiten konnte, hatte ich wieder diese K.O.-Tropfen bekommen, sodass weder die Reporter noch ich die Kraft hatten, uns gegen das Interview zu wehren.

Ich versuchte, so gut es ging zu erklären, was vorgefallen war, bis mein Mund so trocken und meine Augenlider so schwer waren, dass Doktor Grahl wohl Mitleid bekam und die Sitzung beendete.
"Frau Schnell, ab heute Nachmittag möchte ich gern die Zimmerisolierung aufheben. Zwar werden sie sich vorerst nur auf dieser Seite des Flurs aufhalten, aber ich denke, da sie ihre Medikamente gut einnehmen, ist eine Veränderung gut für sie."
Mich durchfuhr ein Schrecken.
So eigenartig es war, in einem einzigen Raum gefangen zu sein und Essen auf Plastik zu bekommen, so sicher fühlte es sich auch an. Ich war nicht überzeugt von der Idee, auf den Flur gehen zu dürfen, auf dem man nicht selten Schreie, Beschimpfungen und häufig das Geräusch von rennenden Schritten vernehmen konnte.
"Ist gut,"
sagte ich leise, denn etwas sagte mir, dass das für meine Entlassung vielleicht eher förderlich wäre als ein "nein,

danke".

"Doktor Grahl?"

rief ich zögerlich, bevor dieser den Raum verließ.

Er drehte sich zu mir um.

"Ja?"

"Wie lange muss ich hier bleiben?"

"Der Unterbringungsbeschluß veranlasst sechs Wochen."

"*Sechs Wochen*?"

Sechs Wochen hieß, knapp bis über die Weihnachtstage.

Einerseits gut, da ich mich nicht mit den Schulgefühlen beschäftigen musste, wenn ich mir wieder eine Ausrede zurechtlegte, warum ich leider nicht an Weihnachten bei Mama und Harley-Ole verbringen konnte (letztes Jahr war meine Nachbarin, der Hausdrachen, plötzlich schwer erkrankt, und wie durch ein Wunder war mir plötzlich klargeworden, dass ich mich trotz oder gerade wegen meiner Antipathie ihr gegenüber um sie kümmern MUSSTE, sie hatte ja sonst niemanden. Meine Mutter fand das so rührend von mir, dass sie es

nicht wagte, mich nach Hause zu ordern.) Andererseits schlecht, da ich erstens keine Ausrede wusste ("sorry, ich bin leider verhindert, da der Beschluss, der mich hier in der geschlossenen Psychiatrie hält, erst am achtundzwanzigsten ausläuft!") und mir zweitens die Aussicht, Weihnachten in einem Irrenhaus zu verbringen, bei aller Nicht - Liebe zu den Festtagen auch nicht gerade rosig vorkam.
Doktor Grahl verließ das Zimmer, und ich ließ mich auf mein Bett fallen. Teils aus Erschöpfung, teils aus dem Wunsch, meiner Gesamtsituation zu entfliehen, schlief ich auf der Stelle ein.

\*

Als ich nach gefühlten hundert Stunden, reell aber nicht mal einer, wieder aufwachte, betrat Frau Anselm gerade mein Zimmer.
"Hallo Frau Schnell! "

Sie klang munter und fast ein wenig übermütig, sodass ich mir misstrauisch die Decke bis unter die Nase zog.
"Vorsicht ist die Mutter der Porzellankiste,"
hörte ich die Reporter flüstern.
"Hallo."
"Doktor Grahl hat ja schon mit Ihnen gesprochen. Wir werden jetzt die Tür zu ihrem Zimmer offen lassen, so dass sie auch auf den Flur gehen können. Wenn das gut klappt, bekommen sie heute Abend ein anderes Zimmer."
Und was ist, wenn ich gar kein anderes Zimmer will? Ich schwieg.
"Also - Kaffee mit Milch?"
"Kann ich mir selbst holen, danke," nuschelte ich.
"Achso, nein, das muss ich vielleicht noch dazu sagen. Für heute bleiben sie auf jeden Fall flurisoliert, dass heißt sie bleiben auf der Akutseite."
Achso, nee klar, das heißt das.
"Die Küche ist im offenen Bereich, daher müssten sie sich heute noch mal bedienen lassen,"

Sie zwinkerte mir zu.
Ich fand sie schräg, aber sie gab sich solche Mühe, die geschlossene Psychiatrie in ein Fünf-Sterne-Hotel zu verwandeln, dass es mich wirklich anrührte.
"Okay,"
Ich versuchte zu lächeln,
"also dann mit Milch bitte."
"Großartig!"
Mir war nicht klar, wie man sich über die Antwort "mit Milch bitte" dermaßen freuen konnte.
Als sie das Zimmer verließ, ließ sie die Tür einfach offen stehen.
Ich blieb unter der Decke liegen und starrte auf den Flurausschnitt, den mir die offene Tür bot.
"Ich haab dir, ich haab dir doch schon hundertmal, du sollst nicht, ich haab dir, ich haab es dir gesagt!"
Eine junge Frau lief zügig und mit erhobenem Zeigefinger an meiner offenen Tür vorbei. Dabei maßregelte sie sich selbst oder wen auch immer, hielt den Kopf mehr als schief und knirschte in

den Redepausen deutlich hörbar mit den Zähnen.
Ich schluckte und rührte mich nicht.
Eine Minute später kam sie zurück und lief in die andere Richtung. Jetzt knirschte sie erhobenen Fingers nur noch mit den Zähnen, sagte aber nichts.
Gerade, als sie schon fast von meiner Bildfläche verschwunden war, blieb sie stehen.
Sie gönnte ihrem Kiefer eine Pause, ließ den Finger zur Sicherheit aber erhoben.
Wie im Zeitlupentempo drehte sie ihren schiefen Kopf in meine Richtung und beäugte mich, ohne sich vom Fleck zu rühren.
"Hallo,"
sagte ich leise und so freundlich es ging, denn irgendwie hatte ich Angst vor dem, was nun kommen könnte, und ich dachte, mit einer netten Begrüßung vielleicht die Situation entspannen zu können.
Entgegen meiner Befürchtungen geschah äußerst wenig.
Nach einigen Sekunden wandte die Frau

den Blick von mir ab, warf den Kopf
schwungvoll in den Nacken, startete
ähnlich einer Zündung ein initiatives
Zähneknirschen und verließ mit wedelndem
Zeigefinger und den Worten
"also das ist doch wohl, du haast doch
nicht - " endgültig das Blickfeld.

Ich würde lügen, wenn ich behaupten
würde, dass solche Begegnungen der
dritten Art meine Lust, aus meinem
Überwachungszimmer herauszukommen,
steigerten, und bei aller anfänglicher
Angst, möglicherweise sechs Wochen in
nur einem einzigen Raum verbringen zu
müssen, ertappte ich mich bei dem
Gedanken, dass dies möglicherweise der
einzig sichere Ort in diesem Haus wäre,
an dem man auch darauf hoffen konnte,
dass zusätzlich alle Grundbedürfnisse
wie essen oder zur Toilette gehen
gedeckt werden könnten (sonst hätte man
sich ja einfach in irgendeinem Spülraum
verkriechen können. Andererseits
bezweifle ich, dass es bei dieser
akribischen Kontrolle jemals die Chance

gegeben hätte, sich unbemerkt *irgendwo* zu verstecken.)
Ich kroch unter meiner Decke hervor und setzte mich auf.
Bei aller Liebe zur neu gewonnenen Freiheit entschied ich mich für einen Gang zur Tür, der als Hauptziel das Schließen dieser von innen hatte.
Doch gerade, als ich an der Tür angekommen war, kam mir der Anselmsche Sonnenschein entgegen, in der Hand einen beschlagenen Plastikbecher mit Kaffee.
"Sooo, " flötete sie, "lassen sie die Tür ruhig ein bisschen offen. Ich denke, es ist wichtig, dass sie auch mal wieder etwas anderes sehen als die Wände hier. Außerdem sollen sie ja nachher sowieso in ein Zweibettzimmer umziehen.."
Sie drückte mir beherzt den Kaffeebecher in die Hand und verschwand.
"Sonnenschein bring Glück herein," witzelte ein Reporter aus der Ferne.
Ich lukte um die Ecke des Türrahmens. Meine Tür war eine von vielen, die von dem langen Flur abgingen. Links am Ende

des Flures war eine Glastür, und dahinter sah man eine Bank auf der eine kleine dunkel gekleidete Gestalt kauerte.
Die Zähneknirscherin schien es nicht zu sein, aber dafür hätte ich meine Hand nicht unbedingt ins Feuer gelegt, da der kleine Raum völlig in blauen Dunst gehüllt war.
Das kleine dunkle Männchen zog hektisch an seiner Zigarette, wobei sie diese nicht festhielt, sondern seine Hände längst mit dem Drehen der nächsten beschäftigt waren.
Zu diesem Zeitpunkt wusste ich noch nicht, wie existentiell wichtig die Raucherräume für den Frieden auf der Station waren.

Wenn ich den Flur rechts hinuntersah, stieß mein Blick recht schnell auf eine Glastür, die den "Akutbereich", in dem ich mich nach wie vor befand, vom Rest der Station trennte.
Zwischen den beiden Bereichen diente das Schwesternzimmer, von dem man durch die

Jalousie in den Überwachungsraum sehen konnte, als eine Art Schleuse, dessen Türen zwar offen waren, aber in dem sich - wie ich später feststellen konnte, immer, wenn die Türen geöffnet waren - irgendjemand vom Personal befand.
Auf der offenen Stationseinheit befand sich, geschickter Weise direkt gegenüber des Schleusenzimmers, der Eingang auf die Station, sodass man von dort aus mit nur einem Blick entscheiden konnte, für wen die Tür zum Verlassen, aber auch zum Betreten der Station geöffnet wurde.

Hinter der Glastür, die zum offenen Bereich führte, gab es tatsächlich Leben.
Ich konnte mehrere Personen sehen, die sich mal hierhin, mal dorthin bewegten, sich unterhielten und dann im `unbekannten Rechts´ verschwanden.
Das `unbekannte Rechts´ war für mich der Rest der Station im offenen Bereich.
Zwar wurde dieser hinter der Glastür auch erst einmal durch einen Flur eröffnet, jedoch schien es nach einigen

Metern die Möglichkeit zu geben, nach rechts abzubiegen. Wie die Station nach dieser Ecke aufgebaut war, konnte man von der Akutseite nicht sehen.

Inzwischen hatte ich mich auf den Flur gewagt und stand nun, an meinen Kaffeebecher geklammert, neben der Tür des Überwachungsraums an der Wand gelehnt. Während ich die Räumlichkeiten von dort aus inspizierte, versuchte ich, so lässig wie möglich auszusehen.
Wenn man nach rechts blickte, konnte man sich also die Zeit vertreiben. Man konnte beobachten, wer durch die Eingangstür der Station kommen durfte.
Wenn es ein Besucher war, wurde dieser zuerst ins Schwesternzimmer gebeten. Dort bekam er wahrscheinlich einen kleinen crash- Kurs zum Thema "richtiges Verhalten in der Akutpsychiatrie", bevor er weiter gelassen wurde.
Wenn jemand eine größere Tasche mit sich trug, musste er sie öffnen und sich für den Inhalt erklären.
Ich fragte mich, ob sie wirklich

dachten, dass Angehörige ihren psychisch Kranken Verwandten Kuchen mit eingebackenen Nagelpfeilen oder so etwas in der Art mitbrachten. Schließlich ist man ja eher froh, wenn man einen Irren in seiner Umgebung endlich los ist, und zwar so, dass ihm "wirklich geholfen wird".

In diesem Moment lernte ich Else Hackestern kennen.
Sie stand, ähnlich wie ich, einfach nur da, lehnte an der Wand neben einer Zimmertür.
"Schau dich ruhig erstmal um, "
sagte sie fast mütterlich.
"Ändert sich aber nichts, wenn du mal vier Wochen nicht hinguckst."
Ich sagte nichts.
Schnell war klar, dass das Else aber auch genügte.
Sie brauchte keine Antworten mehr, nur jemanden, der da war und allein durch seine körperliche Anwesenheit ihre Einsamkeit linderte.
Else Hackestern war eine dicke, kleine,

zerknitterte Frau mit raspelkurzen grauem Haar, das aber ihrer weichen Mimik keinen Abbruch tat .

Sie war die Mutter der Station und bei aller permanenten Suizidgefahr immer hilfsbereit und großherzig, wenn auch auf ihre Art recht anhänglich.

Sie war quasi Dauergast in der Akutpsychiatrie, wobei sie die Aufenthalte zwischen dort und der Außenwelt geschickt im Verhältnis eins zu eins aufteilte.

Bevor sie zu lange draußen war, entschied sie sich für einen weiteren Suizidversuch, wahlweise mit Tabletten oder Pulsadereröffnenden Instrumenten (Küchenmesser, Nagelschere, Heckenschere, Glasscherbe). Dabei achtete sie stets darauf, dass sie genau an dem Nachmittag ausgerechnet mit der Freundin verabredet war, die einen Schlüssel zu ihrer Wohnung hatte, oder dass der Bringdienst des Getränkemarkt noch die Flaschen vorbeibringen sollte und sie gesagt hatte, dass sie auf jeden Fall, komme was da wolle, zu Hause sein

würde.
Kurz gesagt, sie war Profi.

Else selbst wäre wahrscheinlich diejenige, die sich am meisten erschrecken würde, wenn sie Gefahr lief, dass ein solcher Versuch einmal glücken könnte.
Zumal sie seit dreizehn Jahren hoffte, ihren Exmann, der sie für eine Jüngere sitzengelassen hatte, zurückzugewinnen, irgendwann.
Jetzt stand sie da, an ihren Wandabschnitt gelehnt, und strahlte so viel Wärme, gepaart mit unendlicher Verzweiflung aus, dass ich ihr sofort vertraute.

Else Hackestern wusste so ziemlich alles, was die Organisation der Station, den Ablauf, die Übergabe der Schwestern und brisante Zwischenfälle der letzten zehn Jahre betraf.
Sie wusste zum Beispiel, dass vor vier Jahren einmal die Schwester eines Patienten zu Besuch kam und ihrem Bruder

eine Tasche mit Ersatzkleidung mitbrachte.
Und dass sich der Bruder zwei Tage später mit einem Gürtel, der unter anderem in der Tasche war, erhängt hatte.
Und dass sie seitdem so genau die Taschen der Besucher inspizieren.

Wenn die Tür zum Schwesternzimmer geöffnet war, konnte man auch die Gespräche zwischen Patienten und Personal belauschen.
Meine anfängliche Frage nach einem Einmalrasierer wurde schnell relativiert und erschien mir nach kurzer Zeit nur als Spitze des Eisbergs. Andere Patienten fragten ungeniert nach einer Großpackung Abführmitteln, Rasierklingen, ob es vielleicht möglich wäre, drei Einheiten der Bedarfsmedikation auf einmal zu bekommen, wenn man zwei Male aussetze, oder sie kamen im Abstand von anderthalb Minuten und fragten, ob derundder schon angerufen habe.

Außer Else und mir auf dem Flur wirkte der "Akutbereich" an meinem ersten Nachmittag in Portionsfreiheit wie ausgestorben.
Das Räuchermännchen hatte sich innerhalb weniger Minuten fast gänzlich im blauen Dunst aufgelöst.
Wo die Zähneknirscherin wohnte, wusste ich auch inzwischen, denn ungefähr alle fünfzehn Minuten riss sie die Tür ihres Zimmers auf, schaute schief auf den Gang, knallte sie mit den Worten "ich haab Dir, also, das ist doch, das kaann doch," wieder zu und war verschwunden.
Unter Elses Beobachtung stehend, spazierte ich den Gang bis zum Raucherkasten hinunter.
Und wieder zurück.
Und wieder hinunter.
Mir fiel auf, dass ich mich seit einigen Tagen kaum bewegt hatte, und die Tatsache, dass ich das jetzt auch nur auf ein paar Quadratmetern konnte, machte mir plötzlich Angst.
"Pssst, hier entlang!" ,

hörte ich eine Stimme.
"Hiiiieeeer!"
Ich stand auf der Höhe einer nur halb geschlossenen Tür.
Zunächst dachte ich, aus diesem Zimmer die Rufe gehört zu haben, aber als ich dann das dämliche Lachen den Reportern zuordnen konnte, wusste ich, dass ich nur zum Narren gehalten worden war. Sie kicherten schelmisch über ihren Erfolg, mich geärgert zu haben und erinnerten mich an Streiche spielende Kinder.
Trotzdem war ich neugierig, wer oder was sich in dem Zimmer befand.
"Es *kann* die Lösung sein, alles kann die Lösung sein,"
Auch die Reporter waren aufmerksam geworden.
"Anniiiiii! *Alles* kann die Lösung sein,.."
Ich schaute in das fremde Zimmer.
Elses Augen durchbohrten förmlich meinen Rücken, was mir teils unangenehm war, teils Sicherheit vermittelte.

Da ich mich nicht weiter als bis zum

Türrahmen vor wagte und deshalb nur einen Ausschnitt des Zimmers sehen konnte, fiel es mir schwer, wirklich zu erkennen, was sich in dem Bett befand. Es fiel lediglich auf, dass es Knallfarben waren. Viel pink und gelb. Unsicher drehte ich mich zu Else um, die mir von ihrer Wand aus aufmunternd zunickte, als wäre ich gerade dabei, über den Wiegenrand eines Neugeborenen zu äugen.
Das Bunte auf dem Bett bewegte sich nicht.
Mit spitzen Fingern schob ich die Tür ein wenig weiter auf, und erst jetzt schlug mir der beißende Geruch so richtig entgegen, den ich bis dahin zwar wahrgenommen, aber nicht beachtet hatte.
"Das ist die Wunde!"
Else schien mein Zusammenzucken bemerkt zu haben.
"Die soll richtig grün sein!"

Auf dem Bett lag, reglos und mit geschlossenen Augen, ein Männchen, dass so dünn war, dass ich nicht glauben

konnte, dass es wirklich noch am Leben war.
Seine Haut war so hell, wie es trotz seiner südländischen Herkunft nur möglich zu sein schien, und in seinem Gesicht zeichnete sich nicht nur jeder Knochen, sondern auch jeder Muskel ab.
Er war irgendetwas zwischen dreißig und dreihundert, auf eine ungefähre Schätzung seines Alters hätte ich mich für kein Geld der Welt eingelassen.
Seine Kleidung war ein pink-gelbes Gewand aus filzartigem Material, das verdächtig nach selbstgeschneidert aussah.
"Er ist Syrer."
Else erschreckte mich zu Tode, ich hatte sie vergessen, bis sie plötzlich dicht hinter mir stand.
"Keine Angst, er tut nichts."
Sie hatte meinen Schrecken zwar bemerkt, aber nicht auf sich bezogen.
Über den kleinen Mann sprach sie wie über ein Tier. Aber auch mir fiel es schwer, bei seinem Anblick etwas wirklich Menschliches zu entdecken.

"Was hat er?",
flüsterte ich.
"Du meinst, abgesehen, von seiner stinkenden Wunde am Fuß? Weiß keiner. Er spricht nicht. Vor allem isst er nicht," sagte sie und zeigte dabei lehrend auf den Infusionsständer, an dem ein Beutel mit weißer Flüssigkeit hing. Der Schlauch führte irgendwo unter das pink-gelbe Filzgewand.
" ´ne Magensonde, geht direkt durch die Bauchdecke, "
sagte Frau Doktor Hackestern mit einer Miene, als hätte sie soeben einen wichtigen Vortrag über neonatale Forschung beendet.
Ich starrte auf das Häufchen Elend, das in diesem riesigen Bett fast verschwand. Da öffnete Herr Khalil die Augen.
Die Tatsache, dass der Körper es in dem Zustand noch fertig brachte, die Augenlider zu bewegen, brachte mich derart aus der Fassung, dass ich aus dem Blickfeld des Syrers wich und den kahlen Flur als Rückzugsmöglichkeit dankend annahm.

"Als er kam, wog er dreiunddreissig Kilo!"
ergänzte Else, und selbst das kam mir fast etwas viel vor.

In dem Moment kam Frau Anselm in den Akutbereich.
"Ahh, wie praktisch,"
begrüßte sie unser sit - in,
"da haben sich die Zimmergenossinnen ja schon kennengelernt."
Ich konnte mein Glück kaum fassen.
In Anbetracht der Auswahl, die ich hier für eine mögliche Zimmernachbarin hatte, erschien mir Else wie ein Geschenk Gottes.
Sie schien auch erleichtert zu sein.
"Gott sei Dank! Ich dachte schon, ihr schickt mir wieder so ´ne total Durchgeknallte wie die letzte!"
Ob sie mitbekommen hatte, dass ich drei Tage vorher dem leitenden Oberarzt in den Arm gebissen hatte, wusste ich nicht, aber bei ihrem Naturell hätte sie es eigentlich längst wissen müssen.

Falls sie es schon wusste, rechne ihr hoch an, dass sie sich nichts anmerken ließ.
Aber auch die kleine Frau Anselm war so fair, dass sie den Kommentar schweigend stehenließ und mich wie immer aufmunternd anlächelte.

*

Von nun an kam niemand mehr mit dem Medikamentenbecher zu mir, stattdessen hatte ich die Pflicht, mich wie alle anderen drei Mal täglich mit einer Plastikwasserflasche zum Schwesterzimmer zu begeben und mich an der Schlange, die sich vor dem Tresen bildete, anzustellen. Wer kein Wasser mitgebracht hatte, wurde wieder weggeschickt und musste sich von Neuem hinten anstellen.
Das war der einzige Moment, in dem Patienten des Akutbereichs mit denen des offenen Bereichs vermischt wurden.
Ein Unterschied zwischen uns war für mich, ehrlich gesagt, nicht ersichtlich.
Wenn ich Patienten von "drüben" sah, die

mit sich selbst sprachen, sich permanent die Haare rauften oder den Anschein machten, so gar kein Interesse an ihrer Umwelt zu haben, fragte ich mich des öfteren, wer eigentlich den Aufenthalt auf welcher Seite bestimmte.
Else Hackestern wusste darauf zwei Antworten, die sie mir zur Einleitung unserer ersten gemeinsamen Nacht erzählte.
Erstens war die Definition für Patienten, die auf unserer Seite wohnten, die eines "akuten Zustands der Selbst - oder Fremdgefährdung".
Bei der Art, mit welcher Wichtigkeit sie diese Definition vortrug, konnte einen fast stutzig machen, warum so jemand sich als Patientin an eben genau so einem Ort befand.
Dann musste man sich Mühe geben, sich daran zu erinnern, dass sie erst vor vier Tagen von der Intensiv-Station verlegt worden war, weil sie fast nicht mehr aufgewacht wäre, nachdem sie zwei Packungen Schlaftabletten mit einer Flasche Kräuterlikör heruntergespült

hatte.

Als zweiten Grund, warum einige, denen man durchaus einen Aufenthalt auf der Akutseite zugetraut hätte, die aber im offenen Bereich wohnten, nannte sie mir unzählige Vergleichsmomente vom Haareraufer und anderen Bewohnern des offenen Bereichs, die sehr schnell deutlich machen konnten, dass es ihnen *jetzt* im Vergleich zu *vorher* gut ging: Wenn man weiss, dass der Haareraufer vier Wochen vorher noch für so einige Tage in den Gurten lag, weil er zunächst seinen Kopf an die hundert Male gegen die Wand gedonnert hatte, um "Angulus" herauszuschlagen, und dann einer Schwester, die ihn davon abhalten wollte, einen Stuhl entgegengeworfen hatte, dann ist der Aufstieg in den offenen Bereich der Station logischer, das musste ich zugeben.

Und wie bei so vielen Dingen im Leben wurde mir mal wieder klar, dass alles, aber auch alles, davon abhängt, mit wem oder was man es vergleicht.

Das schlimmste Schicksal kann in Anbetracht eines noch viel schlimmeren zu einer Pechsträhne schrumpfen und umgekehrt.
*Das* ist wirklich verrückt, finde ich.

Mit diesem Gedanken schlief ich trotz des lautstarken Schnarchens von Else Hackestern ein.

\*

So irritierend ich die Stille im Akutbereich an meinem ersten Tag fand, so klar entpuppte sie sich am zweiten als Ruhe vor dem Sturm.
Um fünf Uhr morgens brach auf dem Flur ein so penetrantes Geschrei aus, dass selbst Else, die wahrscheinlich sogar schlafen würde, wenn man neben ihr E-Gitarre spielte, das nicht ignorieren konnte.
"Ihr spritzt mir doch seit Jahren Scheiße ins Hirn!",
hörte man es deutlich brüllen.
"Nein! Neeeeiiiin!!! Fass mich nicht

an!"
Wir lagen im Dunkeln und lauschten dem Spektakel.
"Was will ich? Gar nichts will ich! Von Dir schon mal sowieso nicht, Du bist hier ja wohl die Königin der Schlampen, was? Ha!"
Zwischendurch hörte man leise Stimmen des Personals, die bemüht waren, zu verhindern, dass die ganze Station geweckt wurde.
Der schreienden Frauenstimme schien das ziemlich egal zu sein.
"Jaja, ihr denkt, das ginge so einfach! Mit mir kann man`s ja machen… was will ich? Auf´s Zimmer? Damit ich noch krummer werde?"
Else quälte sich ächzend zur Tür, öffnete einen Spalt und spähte in den hell erleuchteten Flur.
"Dacht´ ich´s mir - Zwerg Nase."
"Wer?"
"Es ist Zwerg Nase. Komm gucken, dann weißt Du, woher sie ihren Namen hat."
Ich krabbelte aus meinem Bett und lukte ebenfalls vorsichtig auf den Flur.

Dort standen ungefähr fünf Mitarbeiter des Personals relativ kreisförmig, aber doch in einigen Metern Abstand, zu einer winzigen Person, nicht größer als einen Meter fünfundvierzig.
Sie hatte mindestens drei prall gefüllte Taschen um ihren Oberkörper gehängt.
Trotz der winterlichen Temperaturen draußen war sie mit einem kunstfasernen Kleid in Leopardenmuster bekleidet, dazu einer Netzstrumpfhose und rosafarbenen Stiefeln.
Auf dem Kopf trug sie einen riesigen teuer aussehenden Filzhut, der ihren Spitznamen in jedem Fall gut unterstrich.
"Ist es nicht ein bisschen übertrieben? Fünf Leute?",
flüsterte ich Else zu.
"Neeee, "
höhnte Else,
"nicht bei Zwerg Nase. Schon gar nicht, wenn sie schief ist."
Ich verstand nichts, aber Zwerg Nase gab, als hätte er auf seinen Einsatz gewartet, sofort eine Erklärung ab.

"Seht ihr das nicht? Das ist doch völlig krumm alles, total schief!"
Dabei streckte er den Ärzten wie zum Beweis alle zehn Finger entgegen. Sie sahen zwar nicht schief aus, aber waren dafür deutlich von der draußen herrschenden Kälte gezeichnet.
Als ein Arzt, den ich noch nicht kannte, einen Schritt auf ihn zu gehen wollte, wies er ihn in seine Schranken:
"Freund! Halte ein! Ein Schritt, und das war`s!"
Nachdem sie sich bedrohlich in Richtung des Arztes aufgeplustert und es kurz geschafft hatte, wie einsachtzig zu wirken, tastete die Zwergenfrau ihr Schlüsselbein unter den ganzen Taschenriemen ab.
"Hab ich´s doch gewusst, auch schief."
"Frau Zange, ich denke, es wird ihnen besser gehen, wenn sie diese Tropfen - " versuchte sich ein Pfleger, der einen Medizinbecher in der Hand hielt, einzumischen.
"Willst Du mich verarschen?", schrie Zwerg Nase,

"is´ doch eh vergiftet! Denkst wohl, ich bin bescheuert! Neeeee."
Else grinste.
"Der ist wohl neu. Süß. Pass auf, in zehn Minuten ist es vorbei."
"Frau Zange, wir kennen uns doch schon so lange,"
säuselte der Arzt,
"tun sie uns allen den Gefallen, bitte."
Zwerg Nase sah unbeeindruckt aus.
Sie setzte sich auf den Bodens des Flures, wo sie es ungefähr dreißig Sekunden aushielt, um dann wieder aufzuspringen und ein zischendes "Verpisst Euch!" in die Runde rief.
Plötzlich nahm sie ihren Filzhut ab, und was ich sah, übertraf all meine Erwartungen in Bezug auf die komische Figur:
Sie hatte nicht ein Haar. Weder auf dem Kopf, noch gab es Anzeichen von Augenbrauen oder Wimpern.
"Oh Gott. Hat sie Krebs?",
fragte ich Else leise.
"Nein. Sie ist eine Morgens aufgewacht, und da sind ihr alle Haare ausgefallen.

Sie sagt, sie sei vergiftet worden. Aber das sagt sie ja immer."
Plötzlich fiel mein Blick auf die Glasscheibe des Fensters des Schleusenzimmers, durch das man das Flurgeschehen beobachten konnte. In ihm spiegelte sich der Eingangsbereich der Station.
Dort, fast an der Glastür klebend, konnte ich einen großen, stattlichen Mann in einem dicken Wintermantel sehen, der das Geschehen verzweifelt von draußen beobachtete.
"Ihr Mann,"
wusste Else.
"Also, nee, ihr Exmann. Er fühlt sich wohl irgendwie immer noch verantwortlich und bringt sie her, wenn sie so drauf ist."
Er tat mir leid. Voller Sorge starrte er ins Innere der Station zu Zwerg Nase, und ich fragte mich unvermittelt, was Liebe bedeutet.
Doch bevor ich tiefer hätte in philosophische Fragen eintauchen können, veränderte sich das Geschehen auf dem

Flur plötzlich drastisch.
"So,"
sagte der Arzt seufzend.
"Ich werde sie jetzt ein letztes Mal bitte, das Medikament- "
"Kannst du vergessen, du Giftarsch!", unterbrach Zwerg Nase ihn.
Dann ging alles recht schnell und sah ziemlich routiniert aus. Zu fünft zwangen sie die glatzköpfige Zwergenfrau zu Boden, während sie schrie wie bei einer Ausschlachtung. Wer jetzt noch nicht wach war, war es jetzt.
Durch die Netzstrumpfhose hindurch setzte die Krankenschwester geschickt die Spritze, während der Arzt, der auf den kahlen Kopf der Patientin acht gab, beruhigend auf sie einredete.

Nachdem alle noch etwas auf dem Boden ausgeharrt hatten, wirkte Zwerg Nase überraschend friedlich. Durch den Türspalt konnte ich deutlich erkennen, wie sie kämpfte, ihre Augenlider aufzuhalten.
Zwei Schwestern stützten das kleine

Männchen und legten es behutsam auf das frische Bett im Überwachungszimmer, das direkt gegenüber von Elses und meinem Zimmer lag.
Ich war beruhigt, als ich sah, dass sie die Tür offen und Zwerg Nase damit nicht völlig allein ließen.


Der Rest des Tages wurde nicht gerade ruhiger.
Nach einem noch recht stillen Vormittag rebellierte Zwerg Nase lautstark im Überwachungsraum und hämmerte im Zehn-Minuten-Abstand gegen die Tür, die inzwischen doch geschlossen war.
Außerdem wurden zwei Alkoholiker eingeliefert, die mindestens vier Promille hatten und den Raucherraum lautstark unterhielten. Dem Pflegepersonal konnte man an diesem Tag ohne Schwierigkeiten anmerken, dass sie die Lage kritisch beobachteten und sich wohl mehr Überwachungsräume gewünscht hätten.
Die Zähneknirscherin war angespannt und

lief permanent den Flur auf und ab, maßregelte jeden Zentimeter Luft um sich herum, verschwand wieder in ihrem Zimmer, nur um fünf Minuten später wieder den Flur zu zerknirschen.
Der Syrer entfernte im Laufe des Tages irgendwie seine Magensonde. Er war trotz der unglaublichen körperlichen Schwäche, die er spüren musste, aus seinem Zimmer gekommen und, den Infusionsständer mit dem Sondenbeutel im Schlepptau, über den Flur gelaufen. Da er aber eher taumelte als ging, trat er irgendwann aus Versehen mit seinem in Mullbinden eingehüllten Stinkefuss auf den Schlauch, der auf dem Boden schleifte. Kleckerweise ergoss sich die weiße Flüssigkeit auf das PVC des Stationsbodens.
Als die Schwester das sah und leicht panisch auf Herrn Khalil zu lief und "Halt, Herr Khalil, stehenbleiben!" rief, erschreckte dieser sich so sehr, dass er immer wieder ein mit starkem Akzent unterlegtes "Bitte, nein!" hervorstieß, ängstlich zurück ins Zimmer

wankte und den ganzen Tag nicht mehr herauskam.

Nachmittags bekam er dann einen Zugang im Arm für einen Tropf, "damit er wenigstens Flüssigkeit bekommt," wusste Else.

Herr Khalil hatte nun aber offensichtlich keine Lust mehr, irgendwelche Schläuche zu akzeptieren, die in seinen Körper führten, und so riss er sich den Zugang schnell wieder aus dem Arm, sodass er wahrscheinlich insgesamt mehr Flüssigkeit im Körper behalten hätte, wenn sie ihn in Ruhe gelassen hätten.

Nachdem die Schwester das blutige Zimmer gereinigt und Dr. Grahl genervt über den Flur gehetzt kam, um Herrn Khalil einen neuen Zugang zulegen, bekam dieser eine Sitzwache.

Die Krankenschwester- Azubine, von der scheinbar sowieso niemand so richtig wusste, welche Arbeiten man ihr zutrauen konnte, hatte die ehrenwerte Aufgabe, sich bei offener Tür neben Herrn Khalils Bett zu setzen und darauf zu achten,

dass die Infusion ungestört ihren Weg in das dünne Ärmchen des Syrers finden konnte.
Hin und wieder konnte man ihn auf dem Flur deutlich "Bitte, nein," wimmern hören.

Was mein Verhältnis zu den Reportern anging, tat mir die ganze Aufregung um mich herum überraschend gut.
Ablenkung schien sie im Zaum zu halten.
Sie kommentierten nicht allzu viel, und während ich mich sonst auf Schritt und Tritt unter Beobachtung fühlte, ertappte ich mich zwischenzeitlich dabei, innerlich sogar Ausschau nach ihnen zu halten, weil ich sie nicht mehr spüren konnte.
Vielleicht waren es aber auch die Medikamente, die ich drei Mal täglich einnehmen musste und die mich jedes Mal nach der Einnahme für eine gute Stunde ins komplette Aus schossen.
Innerhalb von zwanzig Minuten überkam mich jedes Mal eine so starke Form der Müdigkeit, dass mir übel geworden wäre,

wenn ich nicht die Möglichkeit zu schlafen gehabt hätte.
Das Gute war, dass man dann nach der Stunde Schlaf wieder eine Stunde weniger herumzukriegen hatte.
Eine Stunde von einem Tag. Einem Tag von sechs Wochen. Sechs Wochen minus drei lächerliche Tagen.
Vor mir lagen noch fünfeinhalb Wochen, in denen ich, umgeben von manischen Zwergen und suizidgefährdeten Zimmernachbarn, jeweils vierundzwanzig Stunden herumbringen musste.
In denen ich permanent so wenig Spucke im Mund wie nach dem fünften Joint haben würde.
In denen ich durch nächtliches Geschrei geweckt würde.
In denen ich über meine Freund - und Feindschaft zu den Reportern interviewt werden würde, und zwar real von Ärzten, und nicht im Rahmen meiner Psychose von irgendwelchen Reportern, an deren Interviews ich mich wenigstens schon gewöhnt hatte.
Sechs Wochen, in denen ich von Mahlzeit

zu Mahlzeit leben würde. Das Thema Nahrungsaufnahme wurde dort drinnen plötzlich unglaublich wichtig.
Ich hatte ständig Hunger.
Wir alle hatten ständig Hunger.
Am Ende des Frühstücks fragten wir das Personal, was es als Mittagessen gab.
Ab fünfzehn Uhr nachmittags dachte man an das Abendbrot.
Ich glaube, dass es auch eine Nebenwirkung der Medikamente war, aber eben nicht nur.
Essen war auch Ablenkung. Langeweile betäuben. Befriedigung. Sicherheit.

*

Als ich zu meiner Überraschung nach einem Gespräch mit Dr. Grahl einen Tag später in den offenen Bereich verlegt wurde, wurde mir die Wichtigkeit der Mahlzeiten in der Psychiatrie übrigens noch deutlicher gemacht.
Im offenen Bereich gab es eine Patientenküche, deren Kühl- und Speiseschränke immer abgeschlossen

waren, bis der jeweilige Tischdienst eine halbe Stunde vor den Mahlzeiten seinen Dienst antrat.
Der Tischdienst bestand zu jeder Mahlzeit aus zwei Patienten, die sich bereit erklärt hatten, den Speiseraum(der sich nämlich als Hauptteil des vom Akutbereich nicht zu erkennenden `unbekannten Rechts´ herausstellte) mit Geschirr und allem anderen auszustatten und später in der Patientenküche die Spülmaschine einzuräumen.
Je nachdem, wie psychotisch, depressiv, aggressiv oder zwanghaft der jeweilige Tischdienst war, fiel das Ergebnis unterschiedlich aus - von absolutem Chaos, Nudeln an der Wand, über zerschlagenes Geschirr, weil es "irgendwie nicht passte", als man es in die Spülmaschine räumen wollte, bis hin zu neurotisch sauberer Küche, die so unbenutzt aussah wie in einem Möbelhaus - alles war möglich.
Morgens und abends gab es eine Art Buffet, an dem man sich bedienen und

seinen Freß - flash befriedigen konnte.
Dabei war es wichtig, pünktlich zur Eröffnung der Mahlzeiten da zu sein - wer nur zehn Minuten zu spät kam, konnte froh sein über ein Butterbrot mit Tomate.

Mittags wurde das Essen vom Personal ausgeteilt.
Dazu kam ein riesiger Wagen mit blechernen Behältnissen auf die Station gefahren.
Eine Pflegekraft öffnete dann mehr oder weniger geschickt die dampfenden Behältnisse, bewaffnete sich mit Kellen und Löffeln und gab jedem Patienten, der sich mit einem Teller in der Hand brav an der Schlange angestellt hatte, das Gericht auf den Teller, das er sich wünschte.

Obwohl es bei ungefähr dreißig akut psychisch Kranken, die sich auf engstem Raum in eine Reihe stellen mussten, durchaus permanent das Potential gab, dass es in Krawalle ausartete, geschah

so etwas nie während der Essensausgabe. Niemand hätte freiwillig eine Maßregelung durch das Pflegepersonal provoziert, die womöglich den Charakter eines späteren oder gar keinem Mittagessen gehabt hätte.
Außerdem war das, was für den Betrachter wie ein simples "in der Schlange stehen und warten" aussah, war in Wahrheit ein Vorgang höchster Konzentration:
Jeder der Wartenden hatte eine fast existentielle Entscheidung zu treffen.

Täglich gab es drei Gerichte zur Auswahl.
Die Schwierigkeit ergab sich daraus, dass es verboten war, die Komponenten eines Essens untereinander anders zu mischen, als es auf dem Plan stand.
Gab es zum Beispiel Braten, Bohnen und Kartoffeln als Gericht Nummer eins und als zweites Schnitzel, Rahmgemüse und Reis, so durfte man nicht Schnitzel und Kartoffeln essen. Diese kleine aber entscheidende Einschränkung ließ den Hungrigen oft sehr genau abwägen, ob ihm

nun die Sorte der Beilage oder des Fleisches wichtiger war, ob er zum Preis eines Schnitzels den vertrockneten Reis in Kauf nahm oder nicht.
Die Pflegekraft, die das Essen austeilte und beaufsichtigte, achtete außerdem immer darauf, dass Überhungrige erst einen Nachschlag bekamen, wenn alle anderen in der ersten Runde versorgt waren.
Nicht selten wurde versucht zu schummeln. Man stellte sich als Erster an, kippte sich die erste Portion förmlich ohne zu Schluck- oder Kauvorgang in den Magen und mischte sich in der Schlange, die sich kaum bewegt hatte, wieder geschickt unter die immer noch erste Runde. Wer ertappt wurde, und das wurden sie eigentlich immer, hatte seine zweite Portion verspielt.

Zu meiner Enttäuschung musste ich allein in den offenen Bereich umziehen und Else zurücklassen.
Doktor Grahl war, was meinen Umzug anging, "optimistisch", wie er sagte.

Aber bei Frau Hackestern sei er "aufgrund der jüngsten Erfahrungen noch ein wenig vorsichtig,", auch wenn es ihm leidtäte, weil er ja wisse, dass wir uns gut verstehen.
Die jüngsten Erfahrungen erfuhr ich erst viel später.

Der Tag, an dem Else die Intensivstation verlassen durfte, lag in Wirklichkeit schon fünf Wochen zurück.
Nachdem sie sich, so glaubte man, "gut stabilisiert" hatte, sollte sie ursprünglich einen Tag vor meiner Einlieferung entlassen werden. Doch je näher das Datum rückte, desto stiller wurde Else.
Zwei Tage vor der geplanten Entlassung versuchte sie, sich im offenen Bereich mit einem Duschvorhang zu strangulieren. Zum Glück hielt die Stange des Vorhangs dem Gewicht der verzweifelten Else nicht stand, sodass man sie, kurz, bevor ich aufgenommen wurde, noch lebendig in den Akutbereich zurückverlegen konnte.

Zu meiner Überraschung hatte ich in am ersten Tag im offenen Bereich ein Zimmer für mich allein.

Zwar handelte es sich eigentlich um ein Zweibettzimmer, aber die kleine "fremdaggressive" Omi, wie sie dort wohl fachmännisch betitelt wurde, wurde kurz vor meinem Umzug entlassen, um wieder in ihr Alternheim zurückgehen zu "dürfen".

Ich hatte sie in den letzten zwei Tagen häufig durch die Glasscheibe hindurch beobachtet.

Wie man, ohne dafür ein Fachmann zu sein, durch reine Beobachtung schnell feststellen konnte, war sie scheinbar schwerhörig und zudem wohl ziemlich sehbehindert. Meistens sah ich sie meistens irgendwo auf dem Flur herumirren, bemüht, die Anweisungen der an ihr vorbeirauschenden Krankenschwestern zu verstehen.

Nun wurde sie wohl wieder in ihrer gewohnten Umgebung missverstanden, und ich hatte vorerst das neue Zimmer für mich allein.

Im Kontrast zu der spartanischen Einrichtung auf der Akutseite kam mir mein neues Domizil wahnsinnig gemütlich und nobel vor.
Es gab ein kleines Tischdeckchen, gelbe Gardinen anstelle der von draußen angebrachten elektronischen Jalousien, einen Mülleimer (mit Tüte!) und Betten aus Holz anstatt aus weiß lackiertem Metall.
Nur die Fenster waren nicht vollständig zu öffnen. Das höchste der Gefühle war eine Kippstellung, und spätestens bei der Einstellung dieser entdeckte man den zusätzlich angebrachten Sicherheitsbügel.

Nachdem ich wenige Minuten in meinem neuen Zimmer auf der Bettkante gesessen und den stillen Frieden meiner Umgebung fast genossen hatte, spürte ich eine unangenehme Unruhe.
Seit Tagen war ich, wenn ich nicht gerade auf der Toilette gewesen war, nicht mehr völlig allein und

unbeobachtet gewesen.
Als hätten sie nur darauf gewartet, waren *sie* plötzlich wieder so präsent wie zuvor.
"Anni! Hast Du uns vermisst??? ….Hat sie uns vermisst? …..Die Kleine? Hat gedacht, es ist vorbei…. Hast Du das gedacht, Anni?"
Die Reporter redeten durcheinander und klangen, als kämen sie aus den verschiedensten Richtungen des Raumes, mal näher heran, mal von weit her.
Ich hatte Angst, und zu allem Übel begannen die Kopfschmerzen.
Ich sprang auf und lief im Zimmer auf und ab.
Nach nur wenigen Sekunden spürte ich, dass mir regelrechte Schweißbäche den Rücken herabließen, oder vielleicht kam es mir auch nur so vor.
Wasser! Vielleicht würde es helfen, mir mit eiskaltem Wasser das Gesicht zu waschen, dachte ich, und lief in das anliegende Bad.
"….Abwaschen will sie uns, die Anni… nichts verstanden hat sie, die Kleine, …

wie immer…- "

Nachdem ich mir mehrere Male kaltes Wasser ins Gesicht geschöpft hatte, fiel mein Blick in den Spiegel über dem Waschbecken.

Das war es also.

Ich konnte deutlich einen neuen, schon einige Millimeter langen Haaransatz sehen.

Sie waren noch da.

Da öffnete jemand meine Zimmertür.

"Frau Schnell?" ,

hörte ich Frau Kramers bekannte Stimme rufen.

Sie äugte um die Ecke ins Bad.

"Geht es ihnen nicht gut?"

Ich konnte nicht antworten. Weder wusste ich, wie man seine Zunge bedient, noch hätte ich irgend etwas davon akustisch verstehen können.

In ein lautes Ohrensausen mischten sich Wortfetzen der Reporter. Schwindel überkam mich, sodass ich mich am Waschbecken festhalten musste.

"Kommen sie. Na, kommen sie."

Frau Kramer verstand. Sie fasste behutsam aber bestimmt meinen Arm, und wir gingen gemeinsam zum Schwesternzimmer.
"Hat Frau Schnell schon eine Bedarfsmedikation?",
fragte sie Dr. Grahl, der am Tisch des Dienstzimmers saß und eifrig Dinge in die vor ihm liegenden Akten sortierte.
Ich glaube, dass sie noch weiter sprach, und dass Herr Dr. Grahl auch noch irgend etwas zu mir sagte, aber wirklich erinnern kann ich mich nicht, bei all den anderen Geräuschen in meinem Kopf.

Das Ergebnis war jedenfalls mal wieder ein Medikament, ein liebevolles
"Bleiben sie doch ein wenig hier sitzen, bis es ihnen besser geht,"
und anschließend drei Stunden Schlaf, in denen ich träumte,
ich würde aus Schilf einen riesigen Korb in der Form eines Phallus flechten,
weil es "Teil der Therapie" war, wie mir Dr. Grahl im Traum erklärte.

*

Abends erfuhr ich, dass Patienten des offenen Bereichs die des Akutbereichs besuchen dürfen, was ich auch sogleich nutzte, um Else im Raucherkasten auf Ihrer Seite zu treffen.
Manchmal, so wurde ich von ihr aufgeklärt, waren sogar beide Türen zwischen Akut - und offenem Bereich geöffnet, und jeder, der nicht gerade im Überwachungsraum verweilte, durfte sich auf beiden Seiten aufhalten.
Da Zwerg Nase aber noch jedes Mal, wenn eine Schwester die Tür zum Überwachungszimmer öffnete, um "ihn" mit Kaffee, Abendbrot oder irgendetwas zu versorgen, versuchte, die Schwester zur Seite zu drängen um auf den Flur "auszubrechen", blieben die Zwischentüren heute geschlossen, und im Schleusenzimmer wurde sehr genau registriert, wer auf welche Seite gehen wollte.
Else durfte zu den Mahlzeiten in den

offenen Bereich kommen, und auch an der "Abendrunde", die ich an diesem Abend kennenlernte, sollte sie teilnehmen.

Gerade, als ich mich zu ihr ins Raucherzimmer setzte und mich bei einem gewissen Gefühl von Geborgenheit ertappte, kam Herr Stahlmann, die Stationsleitung.
Er ist ein netter Pfleger um die fünfzig, der zu den kompetenten Menschen gehört, in so ziemlich jeder Situation noch irgendeine Art von Ruhe auszustrahlen.
Wenn Her Stahlmann wirklich angespannt war, putzte er seine Brille.
War es einmal soweit, dass er auf dieses Mittel zurückgreifen musste, war ihm auch egal, in welcher Situation er sich befand.
Als ich später einmal von weitem eine wirklich heikle Situation im Akutbereich beobachten konnte, in der ein aggressiver Patient wild um sich schlug und sich ihm vorerst niemand vom Personal nähern konnte, nahm Herr

Stahlmann auch seine Brille ab, um sie zu putzen.
Vielleicht hat ihm das das Augenlicht gerettet, denn einige Sekunden später holte der Patient zu einem karateartigen Tritt aus und verpasste Herrn Stahlmann ein saftiges Veilchen. Ich glaube nicht, dass er es einfach weggesteckt hat, denn danach habe ich ihn zwei Wochen nicht im Dienst gesehen. Insgesamt glaube ich aber, dass wir froh sein konnten über "Schwester Stahlmann", denn das letzte, was eine Akutpsychiatrie wohl braucht, ist eine klassische Oberschwester im Sinne von einer dicken und keifenden Schwester Roberta, glaube ich.

"Kommen sie bitte zur Abendrunde?", rief er in unser Kabuff, bevor er weiter jede Tür des Flures öffnete und alle Bewohner, bis auf Zwerg Nase und die Alkoholiker des vergangenen Morgens aufforderte, ihm zu folgen .
Ich sah Else fragend an.
"Komm," grinste sie,

"das wird lustig! Außerdem ist, für alle, die dürfen, Anwesenheitspflicht."
Ich trottete Else lustlos hinterher.
Im offenen Bereich betraten wir eine Art Gruppenraum, in dem natürlich der klassische Stuhlkreis aufgebaut war, auf den ich im Prinzip seit meiner Einlieferung gewartet hatte - zumindest unbewusst, da bin ich sicher.
"Du hast es so gewollt, Anni," flüsterten die Reporter,
"Du hast es so gewollt, und jetzt ist es da, ….jetzt ist es da,…. weil Du es gewollt hast…."

Während Else sich seufzend auf einen freien Stuhl neben der Tür niederließ, betrat ich den Raum mit einer gewissen Zurückhaltung.
Die meisten Stühle waren schon besetzt, und insgesamt machte die Gruppe nicht gerade einen herzlichen Eindruck.
Wem bis jetzt noch nicht klar war, wo er sich hier befand, der hatte beim Anblick dieser Freak-Show wahrscheinlich keine Fragen mehr.

Dabei konnte man gar nicht behaupten, dass jeder *Einzelne* der Anwesenden verrückt aussah.
Aber in der Masse schlug einem der Wahnsinn ins Gesicht wie ein Eisregen.
Von einem Drittel der Anwesenden hätte ich nicht unbedingt behauptet, dass sie irgendeine Art von Anwesenheit darboten, die über eine physische hinausging: Sie starrten ins Leere, kauten imaginäres Kaugummi, wichen jeglichen Blicken aus und stellten sich irgendwie gehörlos.
Die Zähneknirscherin zählte ich auch irgendwie dazu.
Sie saß unruhig auf ihrem Stuhl und erhob permanent einatmend den Zeigefinger, um zur abendlichen Maßregelung anzusetzen. Immer, wenn ich mir sicher war, dass sie nun ihre Predigt begann, atmete sie wieder aus und ließ den Finger sinken.
Ich hatte das Gefühl, sie wäre Ausschnitt eines Films, den man immer wieder zurückspulte.
Dieses Können traute ich übrigens sofort ohne weiteres dem Mann zu, der ihr

schräg gegenüber saß. Er fixierte die Knirscherin mit einem Blick, bei dem ich gar nicht wissen wollte, was in seinem Kopf für ein Kino lief. Ich war froh, dass in seiner Nähe keine spitzen Gegenstände oder derartiges zu finden waren.
Neben dem magischen Fixateur war ein Stuhl frei, doch ich konnte mich nicht überwinden.
Neben Else saßen zwei junge Männer. Sie waren südländischer Herkunft, trugen ausgeblichene Proll - Jeans und erinnerten mich an den Typen, bei dem ich früher immer Gras gekauft hatte. Sie sprachen lauthals über ein Thema, das mir zwar zwischen dem ganzen "Ich schwör` s Dir, Alter, glaub` s mir," "nee, Digger echt;", "Ja, krass, Alter," verborgen blieb, mich aber dennoch einigermaßen sicher fühlen ließ, sodass ich mich auf den freien Platz neben dem Pärchen setzte.
"Oh, nä!"
Wurde ich unvermittelt angemotzt.
Es war das kleine Räuchermännchen von

der Akutseite, das auf der anderen Seite neben mir saß.
"Nee, klar. War ja klar," sagte es übertrieben laut mit einem verächtlichen Blick in meine Richtung.
Ich schaute es verunsichert an und bekam etwas Angst.
"`Tschuldigung - "
Noch ehe ich weitersprechen konnte, plärrte das Räuchermännchen:
"Da sitzt die Anke!
Aber neeeee, is klar. Wer zuletzt kommt, malt zuerst."
Ich fühlte mich ausgesprochen schuldig und sah mich suchend nach einem anderen freien Stuhl um, der nur nicht der neben dem Fixateur war.
"Bleib bloß sitzen, Alter, " drehte sich einer der Prolls zu mir um,
"Anke stinkt, Alter."
"Nee, Hannes, "
mischte sich glücklicherweise Mutti Else ein,
"Jetzt lass mal Anna da sitzen, meine Güte, immer machst Du Stress."
Ich war verwundert.

Erstens hörte das Räuchermännchen auf zu zetern, und zweitens hätte ich im Leben nicht geglaubt, dass es männlich wäre.
Als ich später Else von meiner Verwunderung über "Hannes" erzählte, sagte sie bloß,
"nee, die is` ja auch kein Mann. Aber sprich sie bloß nich´ drauf an, dann dreht se frei."
Als die große Uhr über der Tür punkt viertel vor sieben anzeigte, kam Herr Stahlmann herein und setzte sich auf einen der wenigen freien Stühle.
"Hallo," wurde er charmant von einer hutzeligen Oma neben ihm begrüßt. Sie war mindestens hundertzwölf und wog bestimmt auch so viele Kilos.
Ich hatte gesehen, dass ein junger Mann sie im Rollstuhl hereingefahren hatte. Nachdem ich ihn erst für den Zivi gehalten hatte, wurde ich schnell eines besseren belehrt.
Innerhalb der letzten fünf Minuten hatte er drei Male den Raum verlassen, was einmal von dem Proll neben mir mit,
"Alter, wie oft will der denn noch seine

Hände waschen, " kommentiert wurde.
Als der vermeintliche Zivi wiederkam, fiel mein Blick auf seine Hände - sie sahen völlig abgeschrubbt aus, und an einigen Stellen glänzte einem das rohe Fleisch entgegen.

"Können wir anfangen?"
fragte Herr Stahlmann in die Runde.
"Anke fehlt noch,"
sagte jemand leise.
"Na gut, dann warten wir noch."
In dem Moment kam sie durch die Tür.
Mir verschlug es den Atem.
Anke war mindestens einen Meter neunzig groß und ziemlich dick, wobei ich keine Vorstellung dessen habe, was das bei einer Frau von solcher Körpergröße wohl in Zahlen ausgedrückt wäre.
Von welcher Zahl auch immer, war ein Viertel bestimmt das Gewicht ihres Busens, der einem in seiner Masse durch das riesige, mit bräunlichen Flecken übersäte, pinkfarbene Sweat - Shirt entgegenschlug.
Dazu trug sie eine riesige Jeans ohne

jegliche Taschen oder ähnliche
Applikationen, die sie mit der linken
Hand festhielt.
Wie existentiell das Festhalten war,
wurde allen im Gruppenraum einige
Momente später gezeigt, als sie die Hose
losließ, um ihren Stuhl noch ein wenig
zurechtzurücken.
Ohne Vorwarnung wurde man förmlich zum
Anblick von Ankes blanken, riesigen
Hintern gezwungen, der von mindestens
fünf Patienten durch ein genervtes
"Oh, Anke!" kunstvoll untermalt wurde.
"Frau Müller, ziehen sie sich bitte die
Hose hoch?",
bat sie Herr Stahlmann, wie immer bemüht
um Freundlichkeit. Ich mochte ihn
wirklich.
"Ich hab doch keinen Gürtel,"
warf Anke Müller ein.
Sie klang wie ein Riesenbaby.
Ich bemerkte einen von mehreren Seiten
ausgestoßenen erleichterten Seufzer, als
sich die riesige Frau mit den blonden
Locken und den undefinierbaren Spuren
von Kakao und anderen

(hoffentlich!)Lebensmitteln im Gesicht endlich auf ihr monströses Hinterteil gesetzt hatte.
Scheinbar hatte man sich der Ruhe aber zu früh gefreut, denn sofort begann sie mit "äääähm, ich hab da eine Frage, Herr Stahlmann!",
die Nerven ihrer Mitpatienten zu strapazieren.
"Oh, Anke!" ,
ertönte ein Chor, wie abgesprochen.
"Frau Müller, jetzt rede ich erstmal," sagte Herr Stahlmann, und musste sich scheinbar zusammenreißen, seine Brille auf der Nase zu lassen.
"Aber ich - "
"Anke!"
Stille.
"Guten Abend, alle zusammen." quälte sich Herr Stahlmann.
"Wie war ihr Tag? Bitte nacheinander, wer fängt an?"
Es folgten ungefähr dreißig Kurzberichte des Tagesgeschehens. Gute zwanzig davon waren ein simples: "Mein Tag war gut, ich geb´ weiter, " , sodass man sich

wirklich fragen konnte, warum das alles Patienten einer Psychiatrie waren, wenn es ihnen doch so gut ging.

Die Berichte derer, deren Tag überraschenderweise nicht perfekt verlaufen war, reichten von Genörgel über den morgendlichen Tischdienst, dem Schnarchen der Zimmernachbarn, Beschwerden, wer wen zuerst Votze genannt hätte und solchen wie Ankes, bei denen einem der eigentliche Inhalt dank fehlender Struktur, oder sogar fehlenden Satzbaus, irgendwie trotz vieler Worte verborgen blieb.

Ich war ein wenig aufgeregt, als es zwischen mir und dem jeweiligen Berichterstattenden immer weniger Stühle wurden.

"Jetzt, Annii, JETZT!", begannen die Reporter schon zu nerven, lange bevor ich an der Reihe war.

"Mein Tag war okay. Ich hab jetzt ein Zimmer auf dieser Seite, das finde ich gut. Äähh - ich geb` weiter."

Nach nur einem einzigen Satz fühlte ich mich wie nach einem einstündigen

Referat, erschöpft und erleichtert zugleich.
Aber damit war es noch nicht vorbei.
"So, die Tischdienste für morgen, " moderierte Herr Stahlmann.
Sofort wanderten, einer Schulklasse ähnlich, dreißig Blicke zu Boden oder aus dem Fenster, Schuhabsätze und Tascheninhalte wurden gewissenhaft inspiziert, oder es wurde durch komplette Regungslosigkeit versucht, unsichtbar zu werden.
"Ich würd `s machen, " hörte ich mich sagen, eigentlich bloß, weil ich hoffte, einen Teil zu einem schnelleren Ende dieser Runde beitragen zu können.
"Nee, is klar, " kommentierte das Räuchermännchen, und der Proll rechts neben mir grinste breit :
"Schön erstmal schleimen, wenn man neu is´ wa, Alter?"
"Prima, Frau Schnell, "
freute sich Herr Stahlmann und rappelte sich auf seinem Stuhl wieder in eine aufrechtere Position,
"wer würde Frau Schnell denn helfen?"

"Ich," meldete sich Else.

"Vielleicht mal jemand anderes als Frau Hackestern,"
warf Herr Stahlmann ein, was mich in Anbetracht der neunundzwanzig Alternativen unruhig werden ließ.

"Mmmh, ja ich mache das gerne."
Ich starrte Anke an. Aus irgendeinem Grund wusste ich, dass ein Tischdienst mit dem Riesenbaby anstrengender sein würde, als wenn ich es allein machen würde.
Aber Anke schaute mich mit ihren blauen Augen so wichtig und übermotiviert an, dass ich nur entwaffnet lächelte.
Herr Stahlmann nickte und lächelte, als er unsere Namen auf den Block auf seinem Schoß notierte.
"Aber, Herr Staaahlmann?"
Ich hatte es gewusst. Sie musste noch etwas sagen.
"Jaaaa, Frau Müller?" Ich bewunderte ihn wirklich für seine Geduld.
"Wecken sie uns auch rechtzeitig?"

"Natürlich. Keine Sorge."
Ich sah in die Runde. Dreißig Patienten waren am Ende ihrer Kräfte, obwohl die ganze Geschichte nicht länger als zwanzig Minuten gedauert hatte.
Herr Stahlmann schloss mit einem beherzten "Dann wünsche ich allen einen schönen Abend," und die Gruppe erhob sich sichtbar erleichtert von ihren Plätzen.
"Ach so, halt!"
Wir zuckten zusammen.
"Heute ist doch Dienstag! Sie können noch wählen, welche DVD sie schauen möchten!"
Ich sah freudig überrascht zu Else herüber.
"Ich lege Ihnen eine Auswahl auf den Tisch," sagte Herr Stahlmann noch, bevor er die Runde endgültig auflöste.
"Hey, DVD - Abend,"
raunte ich zu Else herüber, als ich mich durch das Aufbruchsgetümmel zu ihr gekämpft hatte.
"Vergiss´ es. Warte mal auf die Auswahl."

Als ich ein paar Minuten später zum großen Tisch im Speisesaal ging, wo sich ein paar wenige Patienten eine Auswahl von drei DVD - Hüllen anschauten, konnte ich meine Enttäuschung nur schwer verbergen.
Wir hatten die Wahl zwischen "Asterix und die Gallier", "In einem Land vor unserer Zeit" und, als einzigen Nicht-Zeichentrickfilm, "Liebe geht durch den Magen", einer Romantikkomödie, die einem schon durch ihr Cover - Bild Anfang, Ende und alle Highlights erzählt hat, ohne dass man auch nur eine Minute des Film sehen musste.

Als ich mich enttäuscht in Richtung meines Zimmers schlich, kam Anke auf mich zugelaufen.
Der Vorgang des "Laufens" ist bei Anke eine motorische Spezialangelegenheit.
Sie nutzt einfach irgendeine physikalische Begebenheit, die wahrscheinlich irgendwo zwischen Flieh - und Schwerkraft angesiedelt ist: leicht nach vorn gebeugt läuft sie durch die

Beinbewegung der unglaublichen Masse ihres Oberkörpers sozusagen hinterher, was einem den Eindruck vermittelt, sie wäre permanent kurz davor, zu stolpern.
"Also!",
rief sie mir aus fünfundzwanzig Metern Entfernung schon einmal vorsorglich entgegen,
"Wir treffen uns dann morgen um halb acht in der Küche!"
Ich musste mir Mühe geben, ihr nicht reflexartig auszuweichen, denn die heranrollende Masse hatte etwas Bedrohliches an sich, nicht zuletzt, weil ich mir nicht sicher war, ob sie immer bremsen konnte, wenn sie wollte. Zu meiner Beruhigung kam sie jedoch rechtzeitig zum Stillstand, und ich antwortete mit einem leisen
"ist gebongt."
"Is´gebongt, höhöhö. "
Der riesige Körper vibrierte.

Obwohl ich eigentlich schon lange aufgehört hatte zu rauchen, ging ich anstatt auf mein Zimmer doch noch auf

eine Feierabend - Zigarette zu Else herüber, die gerade allein im Raucherkasten saß.
"Die hat schon alles durch."
Sie wies mit einem Kopfnicken in Ankes Richtung, die noch immer am anderen Ende des Flures stand und jetzt eine Schwester verbal penetrierte.

Mit kommissarischer Miene erstattete mir Else Bericht über Anke Müllers Existenz. Als sie sechzehn war, erkrankte sie an Schizophrenie.
Da Anke Müller inzwischen mindestens Ende vierzig war, erschrak ich.
In Elses Bericht folgten endlose Beschreibungen von Psychiatrieaufenthalten und heiklen Situationen im Leben der Anke M., sodass man den Eindruck bekommen konnte, Else Hackestern habe ihr Leben lang nichts anderes getan, als sich mit Ankes Biographie zu beschäftigen.
Es fielen medizinische Worte wie "austherapiert" und "dauerfixiert", und obwohl ich mich fragte, woher Else das

alles wusste, war mir die Kernaussage ihres Vortrags schnell klar: Wenn nur die Hälfte stimmte, war Anke Müller eine wirklich arme Sau.

Als ich an diesem Abend ins Bett ging, machte ich einen Umweg über das Schwesternzimmer und forderte das erste Mal freiwillig mein Medikament auf "Bedarf" - ich hatte Angst, allein zu sein, Angst vor der Dunkelheit und den Kommentaren der Reporter.
Und Angst, dass ich werden würde wie Anke Müller.

*

Der Tischdienst war anders, als ich erwartet hatte.
Nachdem ich von einer Schwester um sieben Uhr geweckt worden war, trottete ich in die Küche, um auf Anke zu warten.
Um viertel vor acht stahl ich mich zum Schwesternzimmer.
"Entschuldigung."
"Ja?"

"Äähm - das ist mein erster Tischdienst."
"Wer ist denn ihr Partner, Frau Schnell? Der wird ihnen schon zeigen, wo alles ist."
Die Schwester schaute auf ein Blatt Papier, auf dem scheinbar die Dienste notiert waren.
"Oh,"
entfuhr es ihr.
"Wär ´eigentlich Frau Müller gewesen."
Ich schaute sie fragend an.
"Mareike?"
Die kleine Azubine sah von den Akten hoch, auf die sie bis dahin hochkonzentriert gestarrt hatte.
"Ja?"
"Würdest Du eben Frau Schnell beim Tischdienst helfen? Frau Müller fällt ja aus."
"Okay."
Mareike, höchstens achtzehn Jahre alt und mit einem Hintern wie fünfzig, sah ziemlich müde und unmotiviert aus. Gemeinsam trotteten wir über den Flur zur Küche.

"Was ist mit Frau Müller?"
fragte ich.
"Darf ich ihnen ja eigentlich gar nicht sagen,"
antwortete die Schülerin leise.
"Naja, wissen nachher sowieso schon wieder alle. Sie ist letzte Nacht wieder in die Fixierung gegangen."
Obwohl ich wusste, was gemeint war, fand ich den Ausdruck "in die Fixierung gegangen" eigenartig.
Niemand "geht" einfach mal eben so in ein Bett, in dem einen Bauch, Fuß - und Handgelenke festgeschnallt werden.
"Ach so."
Ein dämlicherer Kommentar fiel mir wohl nicht ein.

\*

Am späten Vormittag empfing mich Dr. Grahl, um meinen "Therapie-Plan" mit mir durchzusprechen.
Zweimal in der Woche hätte ich Ergo-, einmal in der Woche Kunsttherapie, außerdem ein paar Einzelgespräche.

"Wann darf ich denn mal raus?"
fragte ich unvermittelt dazwischen.
Immerhin hatte ich seit fast einer Woche nicht ein einziges Mal andere Luft als Raumluft atmen können, und trotz der spärlichen Wintersonne erschien mir natürliches Tageslicht plötzlich als hohes Gut.
"Mmh. Damit würde ich gern noch ein paar Tage warten. Ab morgen könnten sie aber an der Nordic - walking Gruppe teilnehmen, das wäre in Begleitung der Therapeutin. Wenn sie mir versprechen, dass sie hier auch wieder ankommen.
Dr. Grahl war mir, trotz unseres anfänglichen "Missverständnisses" (ich weiß wirklich nicht, wie ich die Geschichte, dass ich ihm fast den Arm abgebissen habe, sonst nennen soll), sympathisch.
Er war ein hochgeschossener, schmaler Mann mit Halbglatze und kleinen, wachen blauen Augen. Seine Stimme war auffallend tief, was sicher Teil seiner beruhigenden Ausstrahlung war.
"Ja, natürlich. Ich werd´ ihnen schon

nicht weglaufen,"
antwortete ich und bemühte mich, das Hintergrund - Geflüster der Reporter zu überhören.
Natürlich wollten sie hier weg. Aber ich war mir nicht mehr sicher, ob ich das auch wollte. Schließlich hatte ich seit einigen Tagen mehr Sozialkontakte als in den letzten zwei Monaten zusammen, und die Reporter waren eher Hintergrund - als Hauptmusik. Es ging mir also schon schlechter.
Andererseits war es für mich auch kein Dauerzustand, permanent Hunger, eine bleierne Müdigkeit und eine, zumindest gefühlt, komplett speichelfreie Mundflora zu haben, kurz, permanent breit zu sein.
"Das wäre auch nicht besonders klug, " ergänzte Dr. Grahl diplomatisch, "da sie ja auf richterlichen Beschluss hier sind. Wir müssten sie also im Falle eines - Nichtzurückkehrens - fahnden lassen. Außerdem wollen sie mit Sicherheit nicht länger hier bleiben, als nötig."

Wo er Recht hatte, da hatte er Recht.

\*

"So, das ist ihr Zimmer,"
wurde ich am Nachmittag aus meinem
Medikamenten-Koma-Schlaf gerissen.
"Und Frau Schnell, ihre Zimmergenossin,"
freute sich Schwester Anselm.
"Frau Schnell, dass ist Frau Stemmer."
Ich blinzelte.
"Hallo."
"Hallo."
Ein Glück, dachte ich.
Frau Stemmer sah aus wie eine ganz
normale Person in meinem Alter.
Sie war auffallend dünn, trug eine
knallenge blue- Jeans und ein esoterisch
angehauchtes, flatteriges Oberteil,
darüber eine Kapuzenjacke.
Sie war sehr blass und hatte riesige
braune Augen. Ihre braunen Locken trug
sie mit einer Spange zusammengehalten.
"Also, bis später."
Frau Anselm ließ uns allein.
Der Höflichkeit halber hatte ich mich

inzwischen im Bett aufgesetzt, nun wusste ich allerdings nicht weiter.
"Was tun, …was nun, …richtig oder falsch,… gut oder böse,…"
Hauchten mir die Reporter über die Schulter.
"Also - ich bin Jenny."
Danke. Jenny Stemmer hatte das Schweigen gebrochen.
"Anna."
Unbeholfen stellte Jenny ihre Tasche auf das freie Bett.
"Wie lange - bist Du denn schon hier?", fragte sie scheu.
"Ein paar Tage."
Sie nickte.
"Weißt Du, "
begann sie leise,
"äähm, das ist sozusagen das erste Mal für mich. "
"Sie schämt sich, "
lachten die Reporter,
"das Mädel schämt sich!"
Ich atmete tief durch.
"Mmh."
Mehr fiel mir beim besten Willen nicht

ein.

Die Erlösung kam glücklicherweise ein paar Sekunden später in Form einer Psychiaterin, die mit Jenny sprechen wollte, sodass die Zeit bis zum Abendessen und der anschließenden Abendrunde geschickt überbrückt war und wir weiteren krampfigen Gesprächsversuchen aus dem Weg gehen konnten.

Ich hatte mir aus dem Gemeinschaftsraum einen Kriminalroman geborgt, den ich abends im Bett lesen wollte, aber schon nach einer Seite musste ich feststellen, dass mir die Konzentration dazu fehlte. Jenny lag auch schon im Bett.
Außer einem "Nö," das sie mir als Antwort auf die Frage gab, ob sie meine Nachttischlampe störe, hatten wir eigentlich nicht wieder gesprochen. Sie schien permanent in Gedanken zu sein.
(Andererseits wusste ich ja nicht, wen sie so in ihrem Kopf herumschwirren hatte, insofern war sie vielleicht auch

permanent im Gespräch, wer weiß das schon.)
Nachdem ich das Projekt Krimi für den Abend zumindest aufgeben konnte, knipste ich das Licht aus.
So lagen wir eine Weile schweigend da, bis die Nachtschwester kurz hereinkam.
Ich wusste ihren Namen nicht, da ich sie auch nie tagsüber sah.
Sie sah schon ziemlich alt und verbraucht aus und stank nach altem Zigarettenrauch.
Zwar konnte man nicht sagen, dass sie wirklich unfreundlich war. Aber freundlich oder in irgendeiner Weise warmherzig wirkte sie auch nicht gerade.
Sie wäre wohl nicht gerade die Person, die auf die Frage, warum sie gerade Krankenschwester geworden ist, mit einem milden Lächeln ein "weil ich Menschen einfach gern helfen möchte," zur Antwort geben würde.
"Brauchen sie noch etwas für die Nacht?",
fragte sie in einem Tonfall, bei dem im Subtext eigentlich eher ein

"wehe, sie brauchen noch etwas für die Nacht," stand.
"Äh, ja, ich hab eine Frage," hörte ich meine neue Zimmernachbarin mutig antworten.
"Könnte ich vielleicht eine zweite Decke bekommen? Mir ist kalt."
"Bring´ ich ihnen.", kam es von der Nachtschwester, "dabei sollte sie doch abgehärtet sein, nach dreiunddreissig Grad Körpertemperatur. Naja, bin gleich wieder da."
Meine Neugier besiegte die Stille: "Wie hat sie das gemeint?"
Jenny antwortete nach einer Ewigkeit.
"Naja, war halt ganz schön kalt im Kanal."
Die Nachteule brachte die Decke.
"Nichts für ungut. Gute Nacht."
Ich hatte Angst, dass Jenny jetzt nicht mehr weiterreden würde, aber zum Glück setzte sie neu an, als die Schwester draußen und es wieder dunkel im Zimmer war.
"Als sie mich rausgeholt haben, hatte

ich wohl irgendwie dreiunddreißig Grad Körpertemperatur oder so."

"Wolltest Du - Dich umbringen?", fragte ich zögerlich.
"Nein. Ich wollte - ein Zeichen setzen. Irgendwie."

Jenny Stemmer erzählte, dass sie die Liebe gesucht hätte.
Sie empfand diese Welt als so lieblos und kalt, dass sie vor ein paar Tagen beschlossen hatte, ähnlich wie Jesus über das Wasser zu gehen, um "im Namen der Liebe ein Zeichen zu setzen", was sie genau damit meinte, blieb mir verborgen.
Sie sei dann zum Anleger am Kanal geradelt, habe gebetet und sei dann einfach ins Wasser marschiert.
"Und Du hast echt gedacht, es trägt Dich?"
Ich konnte mir die Frage nicht verkneifen.
"Weiß nicht. Aber darum ging es doch auch nicht."

Zum Glück kamen Spaziergänger vorbei, die die strampelnde Frau im Wasser entdeckten und die Polizei riefen.
Nachdem Jenny nun vier Tage auf einer anderen Station gelegen hatte, um wieder warm zu werden, hatte man sie, nachdem man sie befragt hatte, wie es zu dem "Unfall" gekommen sei, hierher verlegt.
Die Psychiaterin hätte ihr heute erklärt, dass sie - noch - freiwillig hier wäre, und wenn sie sich auf eine Behandlung einlassen könne, würde man dies so belassen.
Als Jenny noch einmal versuchte, die Sache mit der fehlenden Liebe zu erklären, weil ich nicht verstanden hatte, wieso man deshalb im Dezember über einen Kanal gehen will, hörte ich sie im Dunkeln schluchzen.
Ich wusste nicht, wie ich mich verhalten sollte.
Doch ehe ich zu einem Entschluss kam, beendete sie ihren Bericht mit einem kühlen "naja, schlaf gut," und einem geräuschvollen Nase putzen, das keiner weiteren Worte bedurfte.

Ich lauschte noch lange Jennys gleichmäßigem Atem, bevor auch ich endlich einschlief.
Fehlende Liebe.
Es tat mir in der Seele weh, wenn ich versuchte, mir ihren Schmerz vorzustellen.

*

So vergingen die ersten Tage in meinem neuen Heim, der geschlossenen Psychiatrie.
Es gab Einzel- und Gruppengespräche, Therapiestunden mit pseudokreativem Ansatz, in denen wir Masken aus Ton formten und mit Kohle zeichnen konnten, ein Fach namens "Psycho - Edukation", bei dem einen die eigene Krankheit ein wenig näher gebracht werden sollte, frei nach dem Motto: "Ich bin schizophren, wann sollte ich mich in ärztliche Behandlung begeben?" (was, so meine ich, komplett lächerlich ist, denn das *ist* ja

gerade das Problem, dass man das eben nicht einfach so kann. Die Reporter pflichteten mir übrigens bei.), und das angekündigte Nordic - Walking.

Ich glaube, diese Walking - Gruppe hätte mich als Außenstehende köstlich amüsiert, aber als Teilnehmerin empfand ich es eher als nervtötend, denn man darf nicht vergessen, dass wir ja eine Gruppe von Psychos waren und es daher nahezu unmöglich zu sein schien, dass die Stunde ohne Zwischenfälle verlief. Regelmäßig versuchte jemand, abzuhauen. Dann musste die ganze Gruppe warten, bis die Therapeutin, eine kleine drahtige Mittvierzigerin, die mich ein wenig an Rosa aus dem Heckels erinnerte, dem Ausreißer hinterher walken und ihn überzeugen musste, dass die Idee, sich vom Acker zu machen, denkbar schlecht wäre.
Die Gruppe musste überhaupt ständig warten.
Wir waren einfach nicht in der Lage, als Ganzes zusammenzubleiben, sobald das

Tempo über ein Alte- Damen- Rollator- Training hinausging.
Spätestens dann blieb die Knirscherin stehen, um zu maßregeln, das Räuchermännchen stemmte die Fäuste in die Hüften und zeterte "keinen Schritt mehr, nee, das reicht!", oder jemandem wurde schwindelig oder schwach auf den Beinen, wobei ich mich manchmal fragte, was der Grund dafür war - Nebenwirkungen der Psychpharmaka, eine Überdosis Frischluft, der Versuch, das Tempo zu drosseln oder einfach nur ein Hilferuf nach Beachtung.
Jedenfalls kann ich mich nicht daran erinnern, bei dieser Geschichte jemals auch nur annähernd ins Schwitzen gekommen zu sein.

Was den Alltag auf Station anging, so wurden wir, die wir für einige Zeit gesetzlich untergebracht wurden, zu einer eingefleischten Clique von Freaks. Jenny, Zwerg Nase, die beiden Prolls, von denen ich immer noch nicht recht wusste, warum sie überhaupt da waren, und ich vertrieben uns häufig die Zeit mit "Uno" spielen.

Dazu setzten wir uns an einen Tisch im Speiseraum, sodass wir die Mahlzeiten nicht verpassten und rechtzeitig hörten, wenn etwas Interessantes auf der Station geschah.

Manchmal kam Herr Khalil, der Syrer, vorbei.

Er hatte sich wieder mit den Infusionen ausgesöhnt und schob den Infusionsständer nun neben sich her, als wäre er selbstverständlich.

Er hatte ein wenig zugenommen, obwohl er an den Mahlzeiten nie teilnahm.

Einmal ging ich abends in die Küche, um mir noch eine Tee zu holen. Da stand er am offenen Kühlschrank, den wohl jemand vergessen hatte abzuschließen, und aß gerade seinen elften Joghurt.

Mit einem Esslöffel schob er sich den Inhalt des Bechers innerhalb weniger Sekunden in den Mund, bevor er den leeren Becher auf den Tisch zu den anderen stellte, und nahm sich Nummer

zwölf.
Er tat, als wäre ich durchsichtig.
Ich fand es zwar pervers, zwölf Joghurts zu essen, aber in Anbetracht, dass der Syrer mit Sicherheit immer noch keine fünfundvierzig Kilo wog, freute ich mich irgendwie. Ich machte ich mir meinen Tee und verschwand leise in meinem Zimmer, um niemanden auf den offenen Kühlschrank aufmerksam zu machen.

Else Hackestern durfte ebenfalls nach einigen Tagen in den offenen Bereich umziehen, aber erst, nachdem sie Dr. Grahl das schriftliche Versprechen gegeben hatte, bis Weihnachten keinen Suizidversuch zu begehen, bloß weil sie Angst vor Einsamkeit während der Feiertage hatte.
Im Gegenzug hatte er ihr versprochen, sie bis Neujahr stationär weiterzubehandeln.

Nach einigen Tagen fehlte uns Anke Müller.
Niemand hatte sie wiedergesehen, seitdem

sie wieder "in die Fixierung gegangen"
war, und es wurde gemunkelt, dass sie
nun schon acht Tage lang im
Überwachungsraum angeschnallt war.
So nervig alle sie fanden, sie war Teil
dieser Psycho - Familie.
Eines Abends fasste sich das
Räuchermännchen in der Abendrunde ein
Herz:
"Wo isse denn, verdammt nochmal! Die
Dicke mit ihrem scheiß - nackten
Hintern!"
"Wen meinen Sie, Frau - Herr Bremer?"
fragte Herr Stahlmann scheinbar
ahnungslos.
"Na, die alte Rotzgurke,"
stänkerte das kleine Nikotinmonster
zurück.
"Alter, Herr Staaahlmann! Die Anke!"
half ein Proll.
"Achso, Frau Muller."
Herr Stahlmann seufzte tief und nahm die
Brille von der Nase, um sie zu putzen.
"Zunächst einmal finde ich es schön,
dass sie sich nach ihr erkundigen."
"Halt die Fresse und sag was is´ mit

Annis Vorbild!"
brüllten die Reporter zu meinem Entsetzen dazwischen.

Sie meldeten sich weniger, oft nur leise. Bei Ausbrüchen wie diesen erschrak ich neuerdings.

Herr Stahlmann setzte seine Brille wieder auf, und mir fiel auf, dass dieses Mal wirklich alle gespannt auf eine Antwort warteten.
Selbst die Knirscherin wagte es nicht, die mögliche Antwort zu stören und wartete mit erhobenem Zeigefinger, als hätte man sie in dieser Position eingefroren.
"Frau Müller geht es im Moment wirklich nicht gut,"
begann Herr Stahlmann mit ernster Miene.
"Stimmt das, dass sie die ganze Zeit fixiert ist?"
fragte jemand besorgt.
"Sie wissen sicher alle, dass ich ihnen keine Auskunft über ihre Mitpatienten geben darf."

"Aber das ist doch bloß Sorge, Herr Stahlmann!"
meldete sich Zwerg Nase zu Wort.
Sie hatte sich dank der Medikamente schnell gefangen und verhielt sich, bis auf wenige Situationen, in denen sie die Kurve nicht kriegte und dann nicht mehr zu reden aufhören konnte, dermaßen normal, dass sie mich mit ihrer Glatze wirklich nur noch an eine Krebspatientin erinnerte, nicht an eine in einer geschlossenen Psychiatrie.
Ich fand diese Entwicklung binnen weniger Tage verblüffend.

"Ich weiß. Ich hoffe wirklich, dass es ihr bald besser geht."
"Bloß nicht Alter! Dann geht die uns hier wieder auf´n Sack."
"HALT DIE FRESSE!"
explodierte das Räuchermännchen dermaßen, dass alle zusammenfuhren.
"NIE KANNST DU EINFACH MAL DIE FRESSE HALTEN; NIE, NIE, NIE!"
Mich wunderte, wie sehr sich das Räuchermännchen für Anke ins Zeug legte.

Bei ihrer letzten Begegnung hatte ich nicht gerade den Eindruck gewonnen, dass sie beste Freunde waren.
"Meine Lieben!"
Ich bewunderte Stahlmanns Ruhe.
"Die Tischdienste bitte! Ich bin sicher, dass es Frau Müller bald besser geht."
Der Proll erhob sich ruckartig vom Stuhl und verließ Türen knallend unsere traute Runde.
Ich erinnere mich, dass es eine der wenigen Abendrunden war, in denen die Tischdienste völlig problemlos verteilt werden konnten, geradeso,
als wollte sich jeder der Anwesenden durch seine Hilsbereitschaft davor schützen, acht Tage im Überwachungsraum fixiert zu werden.

\*

Nach einiger Zeit klärte mich Dr. Grahl auf, dass man mich während meines Aufenthaltes gern medikamentös "einstellen" wolle, um mich zu stabilisieren.

Ob davon die Reporter ganz verschwinden würden, konnte er nicht sagen.
Mich verblüffte es jedoch allein schon, dass ich ihn danach fragen konnte, ohne dass sie mir Schmerzen zufügten.

Bei all der schrecklichen Langeweile, den oft nervtötenden Mitpatienten, dem ständigen Hunger auf ständig leider schon halb erkaltetes Essen und dem miesen Gefühl des eingesperrt Seins - ich fühlte mich manchmal wirklich besser.
Die Reporter erinnerten mich dann an wilde Tiere, und ich, der Dompteur, schaffte es immer öfter, sie im Zaum zu halten.
Der schlimmste Patient, der aggressivste Proll, der bedrohlichste Zwerg Nase - niemand kann sich vorstellen, wie bedrohlich erst etwas wirkt, wenn es von innen, anstatt von außen kommt.
Solange man äußerlich zuordnen kann, was die Bedrohung ist, kann man sein Schwert in die richtige Richtung halten, um sich zu verteidigen.

Wenn man schizophren ist, steht man vor dem Rätsel, sich selbst auszuweichen, wenn es bedrohlich wird.
Dass man da schon mal auf einem Dach landen kann und nicht mehr weiter weiß, versteht nur, wer sie kennt, die Bedrohung von innen.

*

Einige Tage später wurde unsere nachmittägliche Uno - Runde von lautem Gezeter gestört.
"Das kommt doch alles vom *Daaaaarrrrm!*" hallte es über die Gänge.
"Irmi Tröther,"
seufzte Else und verdrehte die Augen, "Es wird Weihnachten. Uno, letzte Karte."
Gespannt horchten wir auf den Gang.
"Fragt doch nach bei Professor Doktor sowieso, er hat mir den Darm zerstört! Er wollte mich umbringen!"
"Wer ist das?"

fragte ich Else.

"Eine absolut irre Nervensäge."

Else ließ sich von dem Geschrei auf dem Flur nicht weiter beirren, beugte sich, den Mund mit ihren Uno - Karten schützend, kommissarisch über den Tisch und gab unserer Uno-Runde in wenigen Sätzen eine Anamnese über die neu Eingetroffene, und ich fragte mich mal wieder, wie oft man hier eigentlich schon seine Runden gedreht haben musste, um all diese Patienten zu kennen.

Irmi Tröther war eine über achtzigjährige, stolze Lesbe. Ihre sexuelle Neigung erwähnte sie bei jeder sich bietenden Gelegenheit. In dem Zusammenhang erzählte sie dann meist, dass sie "trotzdem" eine Tochter habe, "ihm zuliebe", aber eigentlich über zehn Jahre darauf gewartet hatte, dass ihr Mann endlich stirbt, damit sie wieder ihrem Lesbendasein frönen konnte.

Als Irmi sechsundfünfzig Jahre alt war, tat ihr der Herrgott den Gefallen (so erzählte sie es mir sogar später einmal persönlich) und nahm ihr ihren Mann und damit die Last der Heterosexualität.

Noch bis ins hohe Alter, und wie Irmi Tröther es erzählte, fast bis gestern, durchtanzte sie die Nächte in diversen Schwulen - und Lesbenbars, und es ging das Gerücht herum, dass sie dort früher immer einen der Oberärzte der Psychiatrie, der nun kurz vor dem Ruhestand und außerdem bekennend schwul war, getroffen und einmal fast eine Nacht mit ihm verbracht hätte.
Als ich sie besser kannte, erzählte sie mir eines Abends mit Tränen in den Augen, dass die ganze Bar immer nur auf Irmi Tröther gewartet hätte, und dann wäre sie zu später Stunde hereingeschwebt, und alle wären immer nur so lange geblieben, um sie zu sehen und mit ihr noch ein wenig zu feiern. Und als sie nicht mehr kommen konnte, da wäre es mit dem Laden in Windeseile bergab gegangen, und er musste dicht machen, letzten Endes, weil Irmi nicht mehr kam.

Doch dann kam die Sache mit dem Darm.
Else erzählte, dass Irmi vor drei Jahren eine riesige Darmoperation gehabt hatte.
Scheinbar wurde sie danach zu früh und mit einem unentdeckten Darmverschluss entlassen.
Man hatte ihr im Krankenhaus gesagt, dass sie täglich einen Darmeinlauf bei sich selbst durchführen solle, bis der Darm wieder in Gang gekommen wäre, aber durch die ganzen Aufregungen der Entlassung verschwitzte Irmi das die ersten Tage zu Hause.
Eines nachts wäre sie von höllischen Schmerzen aufgewacht.
Als sie ins Bad ging und das Licht einschaltete, sah sie, dass sie eine Art Platzbauch hatte, wobei bei der Geschichte nicht klar war, ob sich wirklich eine Naht von der Operation gelöst hatte oder wie man sich diesen "Platzbauch" überhaupt vorstellen musste.
Jedenfalls war da wohl deutlich sichtbar irgend etwas nicht in Ordnung mit Irmis

Bauch, sodass sie sofort notoperiert werden musste.

Die Platzbauch - Nacht mit ihren Folgen hatte Irmi scheinbar so traumatisiert, dass sie sich seitdem erstens mehrmals täglich mit Darmeinläufen quält und die Utensilien dafür stets in ihrer Handtasche mit sich trägt und zweitens seitdem diese eigenartige "daskommtallesvomdarmdiewollnmichumbringen" - Psychose hat.

Wenn Irmi allein ist - und das ist sie oft - bekommt sie häufig wegen dieser Darmgeschichte Angst zu sterben und ruft den Notarzt.

Dieser liefert sie aber nie bei einer gastroenterologischen Station ab, sondern in der Psychiatrie. Irmi fühlt sich dann missverstanden, und es kommt zu Situationen wie an dem besagten Nachmittag.

"Versteht ihr das denn nicht, Himmelherrgott! Der hohe Blutdruck kommt doch auch vom Daaaarrrrrrmmm!", plärrte es über den Flur.

"Alter, das geht mir hier alles aufn

Sack!"
Der Proll schob schwung- und geräuschvoll seinen Stuhl nach hinten, schmiss seine zwölf Uno-Karten quer über den Tisch und verschwand im Raucherkasten.
"Er kann nicht verlieren, ….nein, das kann er nicht…."
Die Reporter kicherten schadenfroh.

"Ich bin hier faaalllllsch!"
Plötzlich war die zeternde Stimme auf dem Flur sehr nah gekommen.
Im selben Moment sahen wir, wie Irmi im Rollstuhl von Schwester Anselm zu ihrem neuen Zimmer gefahren wurde.
"Keine Angst, die kann laufen,"
raunte mir Else zu,
"ist nur bockig."
Frau Anselm gab sich alle Mühe, Irmi zu beruhigen.
"Alles wird gut, Frau Tröther."

Irmi Tröthers Erscheinungsbild war anrührend und bedrohlich zugleich.
Ihre dickliche Statur füllte den ganzen

Rollstuhl aus.
Sie trug einen rosafarbenen Seidenmorgenmantel und klobige Lederschuhe.
Auf ihrem Schoß bettete sie eine schwarze Tasche, aus der ein orangefarbener Schlauch guckte, der tatsächlich eine Bestätigung für Elses verrückten Bericht über die ständigen Darmeinläufe sein konnte.
Ihr kurzes, schlohweißes Haar hatte sie sportlich nach hinten gekämmt.
Während sie sich weiter beschwerte, sah ich, dass ihr Gebiss aus einer Reihe schwarzer Stumpen bestand, aber wenn ich Irmis Zahnarzt wäre, würde ich mich auch ganz schnell dem Wunsch meiner Patientin fügen.
Als Irmi Tröther versuchte, Frau Anselm mit ihrem Krückstock zu schlagen, an den sie sich krampfhaft klammerte, wurde es selbst unserem Sonnenscheinchen zu bunt.
"Frau Tröther, es reicht!"
Sie riss Irmi den Krückstock aus der Hand und stellte ihn mit einem leisen "den hole ich hier gleich wieder ab"

in unsere Richtung an die Seite des
Aufenthaltsraumes.
Irmi schrie nun wie am Spieß und drehte,
während Frau Anselm sie nun zielstrebig
weiter schob, ihren rosa verpackten
Körper in Richtung ihres verlassenen
Stockes, als hätte man sie eben von
ihrem frisch geborenen Kind getrennt.
Ich gebe zu, es war ein wenig wie
fernsehen.

Da unsere Uno-Runde durch den schlechten
Verlierer sowieso schon irgendwie
aufgelöst war und sich niemand mehr
konzentrieren konnte, verstreuten wir
uns nach und nach in alle Richtungen.
Es stand niemand zögerlich auf, murmelte
eine entschuldigende Ausrede, warum er
jetzt leider gehen und das Spiel beenden
müsste, wie es wohl im Leben draußen der
Fall wäre - ein Aufenthalt in der
Psychiatrie macht solche
gesellschaftlichen Konventionen
sozusagen überflüssig, vielleicht auch
ehrlicher.
Hier steht man einfach auf und geht.

(Man fragt zum Beispiel auch beim Abendessen oder in den Therapierunden nicht "ist hier noch frei?", bevor man sich auf den auserwählten Stuhl setzt, sondern man setzt sich einfach. Wenn man angepöbelt oder vom Platz geschubst wird, weiß man, dass der Platz entweder besetzt war oder der Nachbar mehr Raum für sich allein braucht, als man ihm ansehen konnte.)

An dem Abend, als Irmi Tröther zu uns kam, träumte ich, ich wäre Zahnarzthelferin in der Praxis, in der Irmi Patientin war.
Sie saß in ihrem rosa Seidenmantel auf dem Behandlungsstuhl und sperrte für Dr. Grahl, der in meinem Traum jetzt Zahnarzt war, ihren verfaulten Mund auf. Schwarze Würmer krochen aus ihren Zahnstumpen, und Dr. Grahl fuhr mich an, ich solle den Sauger gefälligst anständig halten, damit ich die Würmer besser wegsaugen könnte.
Dann wandte er sich an Irmi und sagte, er müsse amputieren. Ich fragte mich,

was genau er amputieren müsse, aber mein Gedanke wurde durch Irmis Geschrei unterbrochen, die Dr. Grahls Kopf mit ihrem Krückstock zu Brei schlug und plärrte, "Das kommt alles vom Daaaarrrrm!"
Als der Frühdienst ins Zimmer schaute, um uns zu wecken, wachte ich verschwitzt auf und war froh, dass es vorbei war.

\*

Nach einigen Tagen ging die ganze Station wegen Irmi Tröther auf dem Zahnfleisch.
Sie tyrannisierte jeden, der ihr über den Weg lief, mit wüsten Darmgeschichten oder Beschimpfungen, schrie Personal wie Mitpatienten permanent an, zeterte bei jeder Mahlzeit so laut, dass niemand mehr essen mochte und verweigerte strikt jede Medikamenteneinnahme, sodass kaum Besserung in Sicht war.
Als wir eines Abends wieder brav mit unseren Wasserflaschen am Tresen

Schlange standen und Irmi wie immer nur Abführmittel anstelle der verordneten Medikamente haben wollte, rastete das Räuchermännchen, das hinter ihr stand, aus.
"Nun nimm die Scheiße endlich, ich will meine Ruhe haben verdammt noch mal!" brüllte es so laut es konnte, und sprach damit aus, was jeder von uns dachte.
Irmi wurde blass, nahm die Tropfen aber trotzdem nicht.
Herr Stahlmann, der ihr den Becher optimistisch hingehalten hatte, wollte glaub ich gern seine Brille putzen, aber dazu war leider gerade keine Zeit.
Wenn Irmi dreißig Jahre jünger gewesen wäre, wäre sie wohl längst fixiert worden und hätte die Medikation zwangsweise erhalten. Zum Glück schien man aber zu versuchen, einer Achtzigjährigen diese Schmach zu ersparen.

Am nächsten Tag passierte ein Wunder.
Wir standen wieder in der Schlange und hielten den Atem an, als Irmi an der

Reihe war.
Herr Stahlmann reichte ihr den Becher mit den Tropfen.
Irmi nahm ihn mit zittriger Hand und zögerte.
"Sie wissen, was wir vereinbart haben, Frau Tröther,"
sagte Herr Stahlmann und sah Irmi mit einem festen Blick an.
Zu unserer aller Erstaunen sagte Irmi kein Wort, verzog das Gesicht und nahm dann schweren Herzens die Tropfen.
Ein erleichtertes Aufatmen war zu hören.

Seit diesem Morgen nahm Irmi ihre Medikamente.
Und, weil wir in der Klapse nicht gerade viel zu tun hatten, fragten wir uns alle, wessen Verdienst das war - einige glaubten an die Durchsetzungskraft von Rauchermannchens Worten, andere, wie ich, hatten Stahlmanns Worte gehört und waren sicher, dass da irgendwo des Rätsel Schlüssel versteckt war.
Da Irmi binnen kurzer Zeit recht umgänglich wurde, gesellte sie sich

schon kurze Zeit später zu unserer Uno - Runde.

Dort erzählte sie uns dann eines Abends, dass gar nicht das Räuchermännchen der Grund für den Sinneswandel gewesen war.
Das Pflegepersonal hatte Irmi Tröther mit Hilfe ihrer größten Angst bezwungen.
Sie hatten ihr die Darmeinlaufutensilien weggenommen.
Diese bekam sie "nur" noch drei Male täglich für eine halbe Stunde, und zwar immer nur, wenn sie vorher die Medikamente eingenommen hatte.
Irmi konnte, während sie das erzählte, nur mit zitternder Stimme sprechen.
So sehr sie mich vorher genervt hatte, so sehr tat sie mir leid, und ich war wütend auf die Ärzte und alle Schwestern und Herrn Stahlmann, die eine alte Frau derart erpressten.
"Aber besser, als sie festzuschnallen, oder? Außerdem sind wir doch alle froh, dass es ihr jetzt besser geht,"
meinte Jenny, als wir abends im Bett lagen.
Natürlich waren wir das.

Was den Rest anging, so war ich mir wirklich nicht sicher, ob es für Irmi nicht die mildere Strafe gewesen wäre, festgeschnallt zu sein.

Es gibt so viele Ängste auf der Welt.
Manche haben Angst vor dem Tod, manche vor dem Leben.
Manche vor Krankheiten, manche vor Nahrung.
Manche vor Spinnen oder vor dem Fliegen.
Manche vor dem anderen Geschlecht, manche vor der Liebe.
Manche vor Einsamkeit, manche vor Menschenansammlungen.
Manche davor, krumm und schief zu sein.
Manche vor rasenden Kopfschmerzen.
Und manche eben vor einem Darmverschluss.

Seit meinem Aufenthalt in der Klapse weiß ich:
Es steht uns nicht zu, zu beurteilen, welche Angst weniger oder mehr begründet ist.
Angst ist Angst.

\*

Seitdem ich in der Psychiatrie war, denke ich viel über Freundschaften nach. Und darüber, wie Sympathien entstehen. Ich frage mich auch häufig, was es für Voraussetzungen braucht, dass sich Menschen gegenseitig stützen.
Oft wundere ich mich noch im Nachhinein über diese eigensinnige Art von Zusammenhalt, die mir in der Klapse so oft begegnete - reicht es aus, Menschen, die etwas gemeinsam haben, und wenn es nur der Leidensdruck ist, zwangsweise zusammenzuwürfeln und abzuwarten, um Freundschaften entstehen zu lassen? Muss man sich vielleicht gar nicht sympathisch sein, um sich gegenseitig im Innersten zu berühren?
Oder lag es einfach daran, dass wir alle gefühlsmäßig ziemlich durch den Wind waren, funktioniert das vielleicht nur mit hilflosen Menschen? Können Menschen allein glücklich sein, aber niemals allein leiden? Warum schweißt Unglück

mehr zusammen als Glück?
Warum machte sich zum Beispiel das
Räuchermännchen stark für Anke Müller?
Warum schmierten wir den angeblich
aggressiven Heim - Omis, von denen immer
mal wieder eine auf Stipvisite zu uns
kam, abends Brote, oder führten sie über
den Flur?
Warum hoben wir für den Syrer immer
unsere Joghurts auf?
Warum spielte ich jeden Abend Uno mit
Menschen, mit denen ich in meinem
vorherigen Leben keine fünf Minuten
verbracht hätte? War es nur Langeweile?
Eine Gemeinschaft, ausschließlich aus
der Not geboren?
Nein, das war es nicht.
Wenn jemand abends nicht dabei war, weil
es ihm nicht gut ging, vermissten ihn
die übrigen.
Wenn der Syrer sich aus dem Zimmer
traute und nach einiger Zeit sogar zu
uns kam und "bitte, Joghurt" sagte,
waren wir für einen Moment auf eine
besondere Art glücklich.
Wenn die Knirscherin manchmal weniger

knirschte und maßregelte und hektisch ihren Kopf nach hinten warf, wenn sie also ein recht persönliches Bild von Ausgeglichenheit ausstrahlte, freuten wir uns für sie.
Oft nickte zum Beispiel einer der Prolls in ihre Richtung und murmelte etwas wie "guck mal, Alter, der geht's gut heute,".
Und das war dann echte Anteilnahme, da bin ich mir im Nachhinein sicher.

Wir verziehen einander auch schneller.
Fehler sind in der Klapse mehr erlaubt.
"Schlechte Tage", in denen die Mitmenschen unter einem zu leiden haben, äußern sich dort ja nicht in einem simplen mürrisch sein oder so etwas in der Art.
"Nicht so gut drauf heute" ist, wenn der von der Psychose gequälte wie am Spieß schreit, alle bepöbelt oder einen Stuhl durch den Raum schmettert.
Wenn der Depressive steif wie ein totes Tier im Bett liegt und nicht einmal mehr simpelste Fragen beantworten kann.

Wenn Fensterscheiben klirren, Patienten fixiert werden müssen, um sich wieder zu finden oder keine Gefahr mehr zu sein.
"Nicht gut drauf heute" ist die Borderliene, die ihren Kopf an der Heizung blutig schlägt und dann die Zimmernachbarin beschuldigt, sie hätte sie ja nicht davon abgehalten.

Und dann beruhigt sich der Sturm wieder.
Und niemand ist nachtragend.
Man versucht, den Durchgedrehten zu verstehen, und irgendwie findet man als Außenstehender immer eine Erklärung für das Verhalten, so dass Verzeihen möglich wird.
In der Welt außerhalb der Klapse kann man nicht so einfach mit Stühlen um sich schmeißen. Da darf man höchstens motzen oder zickig sein.
Und dass einem dann verziehen wird, ist nicht unbedingt selbstverständlich.

*

Eine gute Woche nach Anke Müllers Verschwinden in den Akutbereich lernte ich Michi, ihren langjährigen Freund, kennen.
Die anderen hatten mir erzählt, dass Anke Müllers Lebensgefährte "selbst nicht ganz richtig in der Birne" sei.
Ich gebe zu, dass ich, als ich ihn das erste Mal sah, wirklich dachte, er sei Patient.
Ich holte mir gerade meinen Vormittags-Tee, nachdem ein erschöpfendes Gespräch bei Dr. Grahl gehabt hatte.
Er hatte mich nach den Reportern gefragt.
Ich beantwortete seine Fragen ehrlich und sagte, dass sie nicht weg, aber leiser wären.
Für einen kurzen Moment sah er richtig enttäuscht aus, hatte aber nur nickend dagesessen.
Das Ergebnis unseres Gesprächs war, dass ich nachmittags das erste Mal ohne diese walking -Gruppe an die frische Luft gehen durfte, mit Jenny zusammen.

Bis zum Nachmittag waren es noch ungefähr fünf Stunden, und ich spürte eine Aufregung, die ich sonst nur vor Konzertbesuchen kannte.

Als ich mich mit meiner Teetasse an den Tisch im Aufenthaltsraum setzte und mich fragte, ob ich nach dieser Zeit je wieder Lust auf Tee verspüren würde, kam Michi herein.
"Hier warten,"
murmelte er angespannt,
"die haben doch echt ´ne Macke, seit zwanzig Jahren warte ich jetzt schon.,."
Er setzte sich an einen Tisch in meiner Nähe und begann, mit mir zu sprechen, obwohl ich eigentlich nicht ausstrahlen wollte, bereit für ein wenig small- Talk zu sein.
Andererseits verstand ich unter oberflächlichem small -Talk auch etwas anderes.
Es war nicht schwer zu bemerken, dass es Michi ziemlich egal war, mit wem er sprach oder ob wir uns kannten.
"Ich bin jetzt seit dreiundzwanzig

Jahren mit Anke zusammen. Und in der ganzen Zeit ist sie nie gesund geworden! Also, nie lange. Wenn sie mit den Katzen zusammen ist, denkt man das manchmal, ist aber nicht so.
Man, man, man. In zwei Wochen ist Weihnachten. Dann ist die Anke gefälligst raus hier. Die helfen ihr sowieso nicht. Sieht doch ein Blinder, dass es ihr immer schlechter geht… Nur unter Aufsicht Besuch, nicht im Zimmer,... glaub` ich spinne!"

Michi Müller war mindestens so dick wie Anke.
Obwohl sie nicht verheiratet waren, stellte er sich als Michi Müller vor, und ich bekam nie heraus, wer von wem den Namen angenommen hatte, bzw. ob überhaupt jemand von ihnen wirklich mit dem Namen `Müller´ geboren worden war.
Mich trug diese typische Art Jeans, die Dicke oft tragen. Ein liebloser, noch nie in Mode gewesener Schnitt wie eine gewöhnliche Stoffhose, keinerlei Taschen, oben Gummizug und ein bisschen

zu kurz.
Ich fragte mich, ob Anke und er die Hosen miteinander tauschten.
Sein massiger Oberkörper steckte in einem blauen sweat - Shirt, das sich eigentlich nur durch die Farbe und die andere Verteilung der Flecken von Ankes rosafarbenen unterschied.
Seine Frisur erinnerte an einen Neandertaler: schulterlange, ungepflegte, strohige graue Haare, Seitenscheitel.
Während er redete, packte er aus dem siffigen Jutebeutel, den er mitgebracht hatte, diverse Süßigkeiten aus, unter anderem eine riesigen Schokoladen-Weihnachtsmann.
"Wenigstens was Süßes für die Kleine,... mag sie doch so gerne.."

Ein gleichmäßiges Stapfen war auf dem Flur hörbar, und mit etwas Phantasie konnte man sich vorstellen, dass der Boden vibrierte.
Michis bisher mieses Gemüt erhellte sich, und ein paar Sekunden später kam

Anke um die Ecke.
Ich kam mir vor wie bei "Herzblatt".
"Mein Schatz!"
Michi sprang auf, und nun stapften sich zwei Gestalten entgegen, die in ihrer ganzen Skurrilität so viel Liebesglück ausstrahlten, dass es mir wehtat.
"Michi!"
Anke strahlte über das ganze Gesicht.
Sie sah mitgenommen aus.
Die Tage im Überwachungsraum schienen sie einige Kilo Masse gekostet zu haben .
Tiefe Ringe unter den Augen zierten die rote Gesichtshaut.
In ihren Mundwinkeln hatte sich schneeweißer Speichel gesammelt, und die Art, wie sie sprach, ließ darauf schließen, dass umso weniger davon im Mund selbst war.
"Mein Mädchen, was machen die nur mit Dir. Jeden Tag bin ich gekommen! Aber die wollten mich nicht zu Dir lassen."
"Ach, Michi, is´ doch egal jetzt."
Anke wirkte verändert. Durch die Erschöpfung schien sie nicht wie sonst

zu endlosem Gesabbel aufgelegt zu sein.
Sie ließ sich Michi gegenüber auf einen Stuhl plumpsen, stützte ihre Hände auf den Tisch und schwieg. Obwohl sie mit dem Rücken zu mir saß, konnte ich unschwer erkennen, dass es sie Mühe kostete, nicht in sich zusammenzusinken.
"Ich hab´ Dir Schokolade mitgebracht. Willst Du?"
Michi streckte seiner Anke hilflos den riesigen Schokoladenweihnachtsmann entgegen, aber Anke winkte abwehrend.
"Nee - neeeee, Michi, jetzt nicht."
Dann verfiel sie in einen apathischen, fast katatonen Zustand und rührte sich die nächsten Stunde nicht mehr.
Ich wusste nicht, wer mir mehr leid tat.

Nach weiteren Minuten der Nicht-Kommunikation band Michi wieder mich in das Geschehen ein.
Er streichelte liebevoll Ankes scheinbar leblose Hand auf dem Tisch, während er an dem riesigen Rücken vorbei mit mir sprach.
"Das wird immer schlimmer mit ihr, nicht

besser! Die wissen doch gar nicht mehr, was sie machen sollen mit ihr."
Es folgte eine anrührende und romantische Geschichte, die so echt und so direkt aus dem wahren Leben kommend klang, dass ich gar nichts sagen konnte und nur schweigend an meinem Tee nippte.

Anke und Michi hatten sich vor fünfundzwanzig Jahren bei einer betreuten Urlaubsreise kennengelernt. Anke war zu dem Zeitpunkt an irgendeine Tagesbetreuung für psychisch Kranke angebunden, und Michi, der seit seiner Geburt "geistig retardiert" war, wie er es selbst benannte, fuhr in dieselbe Einrichtung an der Ostsee mit seiner "Werkstatt".
Er arbeitete zeitlebens in einer Autowerkstatt für geistig Behinderte. Später, als es Anke besser ging, erzählte sie manchmal verträumt von Michi. Dann begannen ihre Berichte immer mit dem gleichen stolzerfüllten Satz: "Michi ist Automechaniker. Wir sind sogar mal mit ´ner Ente in den

Schwarzwald gefahren. Und als wir ´ne Panne hatten, hat Michi das ganz allein repariert."
Ich fand die Vorstellung, zweihundertfünfzig Kilo in eine winzige Ente zu stopfen und die Tür noch schließen zu können, fast irrational. Irgendwann kam dann mal heraus, dass die besagte "Panne" tatsächlich ein Problem mit dem Türschloss war, und ich wurde das Bild nicht los, wie es dazu gekommen sein könnte.

Jedenfalls sind Anke und Michi seit dieser Reise ein Paar.
Sie leben mit ungefähr fünf Katzen und einer täglichen ambulanten Hilfe in einer eigenen Wohnung, und es war unüberhörbar, dass Michi stolz darauf war.
"Mit zwei Telefonen,"
schloss er stolz seinen Monolog.

Ich hoffte wirklich, dass es Anke irgendwann einmal besser gehen würde und die beiden vielleicht noch einmal in ihrer Ente in den Schwarzwald oder ans Meer fahren würden.

*

"Frau Schnell?"
"Ja?"
Ich war mit meiner leeren Teetasse in der Hand eingenickt.
Bevor ich Psychopharmaka nahm, wäre mir so etwas wahrscheinlich nie passiert.
Michi war scheinbar gegangen, und Anke hatte sich nicht vom Fleck gerührt.
"Sie haben Besuch."
"Was?"
Ich erschrak. Wer wusste, dass ich hier war? Hatten sie Franka angerufen? Das wäre mir mehr als unangenehm.
"Er steht vorn. Möchten sie hingehen?"
Ich schwitzte.
 "…Ene meine Muh, ertappt ist Müllers Kuh!…. stellen sie sich das mal vor,… ertappt,.. tiptap- tiptap.."
Die Reporter klangen aufgeregt und schadenfroh zugleich.
Erst jetzt fiel mir auf, wie sicher ich

mich in den letzten Tagen an diesem Ort voller Verrückter gefühlt hatte. Und diese Sicherheit wurde nun bedroht.

"Hat er gesagt, er sei verwandt mit mir?"
fragte ich Herrn Stahlmann unsicher, der immer noch auf meine Antwort wartete, was wir nun mit meinem Besuch machen könnten.
In der letzten Einzeltherapie - Stunde ging es um "sich den Problemen des Alltags stellen", und ich war mir nicht sicher, ob ich dazu schon bereit war.
"Er hat gesagt, er heißt Bremer. Ich glaub, er hat sie ganz gern. Hat auch schon ein paar Male angerufen, aber natürlich bis auf die Auskunft, dass sie hier sind, nichts weiter erfahren."
Herr Stahlmann lächelte mich ermutigend an.
"Tiptap- tiptap,"
flüsterten die Reporter die ganze Zeit im Hintergrund.
Ich musste eine Entscheidung treffen.
"Ich komm nach vorn, einen Moment noch,"

hörte ich mich murmeln, und spürte eine
gewisse Überraschung über mich selbst.

*

Als ich auf den Flur kam, sah ich Jan
vor dem Schwesternzimmer an der Wand
gelehnt stehen. Er tat absichtlich
äußerst lässig, aber ich konnte seine
Unsicherheit sofort spüren.
Und ich spürte, dass ich mich freute.
Wir hatten uns nicht mehr gesehen, seit
ich mit der Schere auf ihn losgegangen
war.
Als er mich entdeckte, lächelte er mir
schief entgegen, und eine Augenblick
meinte ich, seine Unterlippe zittern zu
sehen.
Meine Knie waren wie Gummi, und die
Reporter sagten nichts. Stattdessen
unterlegten sie das alltägliche
Stationsgeräusch mit einem grellen
Pfeifton in meinem Kopf. Es bestand kein
Zweifel - alle der Beteiligten waren

gestresst.

"Hi."
sagte Jan leise, als ich vor ihm stand.
Ich wollte auch irgend etwas wie "Hi"
sagen, es klang von ihm so schön locker
und unverbindlich, das wollte ich auch
gern ausstrahlen bei einer Begrüßung
nach einem Fast - Mordanschlag.
Aber meine Lippen gehorchten mir nicht
einmal im Ansatz, und so blieben sie,
wenn auch leicht zu einem Lächeln
verzogen, völlig unbeteiligt aufeinander
liegen, als wären sie sowieso nicht das
Organ, mit dem der Mensch Worte formte.
Schweigend standen wir gegenüber des
Schwesternzimmers, und ich merkte, dass
ich absolut nicht weiter wusste.
"Frau Schnell?"
Herr Stahlmann winkte mir durch das
Fenster des Schwesternzimmers zu.
"Könnten sie kurz kommen?"
Jan rührte sich nicht vom Fleck, und in
Anbetracht der Tatsache, dass er sowieso
erst jemanden hätte bitten müssen, ihm
die Tür zu öffnen, verkniff ich mir ein

"warte hier" oder so etwas in der Art.
"Ja?"
Unsicher betrat ich das Schwesternzimmer, und Herr Stahlmann schloss hinter mir die Tür. Ich beobachtete Jan aus den Augenwinkeln durch das Fenster.
Er sah blass aus und irgendwie schmal. Aber auch sexy, fand ich.
Herr Stahlmann räusperte sich.
"Also, Frau Schnell. Jetzt passen sie mal auf. Die Wahrscheinlichkeit, dass die Situation da draußen auf dem Flur für sie angenehmer wird - zumal sie sich beide nicht bewegt haben in den letzten Minuten - ist gleich Null. Es ist bewiesen, dass Bewegung auch innerlich lockert!"
Er grinste fröhlich.
"Ach kommen sie, Frau Schnell. Ich sehe doch, sie mögen sich.
Mein Vorschlag wäre, dass sie sich jetzt ihre Jacke holen und dann gemeinsam rausgehen. Gehen sie doch hinten im Park spazieren!"
"Aber Jenny sollte doch mit mir - " was

eigentlich - Gassi gehen?
"Ich klär´ das mit Doktor Grahl. Ist das eine Idee?"
Ich lächelte Herrn Stahlmann dankbar an.
Ja verdammt, es war eine Idee! Es war die Lösung, wie diese komische Geschichte da auf dem Flur weitergehen könnte! Und ich durfte raus! Raus, raus, raus!
Plötzlich fühlte ich mich wahnsinnig energiegeladen und nervös.
"Okay. Das ist gut."
Ich ließ mir nicht anmerken, wie unendlich glücklich ich war über Herrn Stahlmanns Brücke, die er mir nicht nur gebaut, sondern über die er mich auch noch geführt hatte.
Als ich aus dem Schwesternzimmer kam, grinste ich Jan breit an und sagte, so lässig wie es nur ging,
"Ich hol´ nur schnell meine Jacke, dann können wir ja ein bisschen raus gehen."
Als ich zurückkam, rief mich Herr Stahlmann erneut ins Schwesternzimmer.
"Sie müssen sich eintragen."
Er zeigte mir eine am Tresen ausliegende

Liste.

Ich musste meinen Namen eintragen, wann ich die Station verlassen wollte, wann ich gedachte, zurückzukehren und wo ich hingehen wollte.

"Eine Stunde genügt erst einmal, denke ich. Und bitte bleiben sie auf dem Gelände."

"Okay."

Mit zittriger Hand trug ich alles ein und musste mich zusammenreißen, in meiner Euphorie keinen Smiley oder acht Ausrufezeichen oder irgend so etwas dahinter zu malen.

Das Summen des Türöffners war das schönste Geräusch, das ich seit langem gehört hatte, Jan hatte ja keine Ahnung.

Ich schwebte die paar Stufen im Treppenhaus herunter, Jan kam langsam hinterher.

Unten angekommen drückte ich fast ungläubig die Glastür auf.

Beim Nordic - Walking war es immer dieselbe Glastür, aber das von ihr jemals ein solcher Zauber ausgegangen war, hatte ich nicht bemerkt.

Ich blieb vor der Tür in der kalten Dezemberluft stehen und wartete auf Jan. Er kam hinaus und lächelte mich an.
"Siehst happy aus." sagte er.
Obwohl es wirklich kalt war, schien die Sonne hell und schön durch ein paar wenige Wolken am sonst blauen Himmel. Ich liebe Winterlicht. Es ist kalt und weißlich - hell, und alles sieht so gestochen scharf aus, dass es mir immer ein wenig wirklicher erscheint als sonst. Außerdem ist Winterluft leise. Leise und ehrlich, finde ich.
Jan beobachtete, wie ich die die Luft tief einatmete und wieder aushauchte, als würde ich einen Joint rauchen. Ich sah ihm an, dass er sich mit mir freute, obwohl mir nicht klar war, ob er wusste, wie lange ich nicht allein draußen gewesen war.
Es schien aber auch nicht wichtig.
"Da drüben in den Park?"
Er nickte über den Parkplatz.
"Ja." hauchte ich in die kalte Luft.

Wir gingen die ganze Stunde immer wieder

die gleiche Runde herum. Zum Stehenbleiben war es zu kalt, wir hätten auch in das kleine Bistro am Klinikeingang gehen und einen Kaffee trinken können, aber ich glaube, wir spürten beide, was Herr Stahlmann mit der Bewegungstheorie gemeint hatte.
Wir sprachen wenig.
Zu meiner Verwunderung fragte Jan nicht, wie es mir geht. Ich war froh darüber. Stattdessen erzählte er, dass die Band sich mal wieder auflösen wollte, weil sie alle "einfach nicht das gleiche wollten".
Dann erzählte er von einer neuen Gitarrenschülerin, die er hatte. Sie war erst neun Jahre alt, aber wirkte wohl unglaublich begabt.
Überhaupt unterrichte er im Moment viel und gern.
Ich genoss die Geschichten. Sie waren so wunderschön normal! Mit keinem Wort hatten sie etwas mit Psychiatrie, Reportern oder irgend so etwas zu tun. Es waren einfach Begebenheiten aus dem alltäglichen Leben, mehr nicht.

Ich fühlte mich gut. Die Angst vor Besuch war verschwunden. Jans Gegenwart machte mich nervös und ruhig zugleich, und ich hatte das Gefühl, ihn trotz unserer Winterjacken riechen zu können. Es fühlte sich warm und schön an.
Ich wollte seine Hand nehmen, unterdrückte den Impuls dann aber doch - im Vergleich zu unserer letzten Begegnung erschien mir das dann doch etwas zu gegensätzlich.
"Ich bin in Deine Wohnung gegangen, " unterbrach er meine Gedanken plötzlich. "ich hoffe, Du bist mir nicht böse deswegen. Ich hab nur diese - Zettel - überall weggeräumt und ein bisschen geputzt."
Ich spürte zu meiner Verwunderung, dass ich alles andere als wütend war. Ich war schlicht gerührt.
"Oh, danke."
"Brauchst Du irgendwas von  - da?"
"Nee, schon okay."
"Ich hab Dir Deinen Schlüssel natürlich mitgebracht. Und die Post, wenn Du sie willst. Und Dein Handy."

"Ich werd` noch ein bisschen hier sein," murmelte ich und spürte, dass ich es einfach nicht hinbekam, ihn direkt zu fragen, ob er noch ein wenig meine Wohnung hüten würde.
"Bitten ist was für Muschis," hörte ich die Reporter flüstern.
"Mh. Soll ich den Schlüssel lieber noch behalten? Ist ja auch echt kein Umweg für mich, mal den Briefkasten zu leeren oder so."
"Danke, Jan."
Mehr bekam ich nicht heraus.
Wir standen wieder vor dem Eingang des Psychiatrie-Gebäudes. Jans Nase war knallrot vor Kälte, und er hatte die Schultern leicht hochgezogen.
"Ich mach´ mich dann mal auf." sagte er leise.
In diesem Moment tat es mir das erste Mal wirklich leid, was am Kino-Abend vorgefallen war, und vielleicht noch viel mehr, was er hatte nicht verstehen können, weil ich nicht mit ihm gesprochen hatte über die Reporter und das ganze Rot und all das.

Ich suchte nach Worten.
"Das mit der Schere, also ich meine, auch die Schere, also, alles, das war ja nicht gegen Dich - "
Ich stammelte mir definitiv einen Haufen Grütze zusammen.
Jan unterbrach mich, in dem er mich plötzlich an sich heranzog und so fest umarmte, dass ich, wenn ich weiter sprach, wahrscheinlich nur seinen Anorak gegessen hätte, ohne dass man irgend etwas hätte verstehen können.
Nach einem kurzen, unüberzeugten Versuch, mich aus der Umarmung zu lösen und weiter an meinem Text zu arbeiten, ließ ich locker und schloss einfach nur die Augen.
Meine Hände legten sich, wie ich fand, recht unbeholfen um seine Hüften, ich hatte das Gefühl vierzehn zu sein und noch nie einen Mann angefasst zu haben.
Jans Stimme grub sich durch meine Haare in mein Ohr.
"Machs gut, Anna. Ich hab das Handy und die Post im Schwesternzimmer abgegeben, weil ich nicht wusste, ob Du mich sehen

willst. Wenn ich nichts von Dir höre, komme ich übermorgen wieder. Sonst meld Dich."
Es klang ein wenig wie auswendig gelernt, und selbst durch unsere dicken Jacken spürte ich seinen Herzschlag.
Jan küsste mich auf die Wange (was mir übrigens ebenso unbeholfen vorkam) und drehte sich nicht mehr um, als er schnell auf sein Rad sprang und davon fuhr.

Ich inhalierte noch ein paar Atemzüge Frischluft und betrat das Treppenhaus zur Station. Der Boden war mit Rotzflecken übersät, und ich fragte mich, ob sie mir vorhin bloß nicht aufgefallen, oder wirklich noch nicht da gewesen waren.
Herr Stahlmann, der den Türöffner auslöste, empfing mich mit einem Lächeln.
Er wies auf die Liste, auf der ich meinen Ausgang dokumentiert hatte und hielt mir den Kugelschreiber hin.
"Und hier abhaken, dass sie zurück

sind,"
sagte er.

*

Nach meinem ersten "Freigang" verschlief ich den Rest des Tages. Obwohl ich noch immer aufgeregt war, weil ich Jan wiedergesehen hatte, war ich so erschöpft, dass ich sofort einschlief, als ich mich nur kurz auf mein Bett legen wollte.

Ich wachte davon auf, dass ich jemanden flüstern hörte.
Als ich die Augen öffnete, sah ich Jenny kichernd mit einem der Prolls auf ihrem Bett liegen.
Der Proll, Ali, hatte kunstvoll seine Hand auf ihrer schmalen Taille drapiert und schien ihr irgendwelche Schweinereien ins Ohr zu flüstern.
Ich hüstelte übertrieben.
"Oh, haben wir Dich geweckt?"
Jennys Wangen glühten.
"Äh - naja,"

stotterte ich, da mir mein Part in der Situation alles andere als klar war.
"Alter, is´ doch okay, oder?"
Ich hatte nicht den Eindruck, dass es einen Unterschied machen würde, ob ich mit "ja, klar, ist okay," oder "nein, verpiss Dich, das hier ist nämlich auch mein Zimmer!" antworten würde.
Wir hörten Schritte auf dem Flur. Innerhalb weniger Bruchsekunden sprang Ali auf und verschwand im Bad.
Nach einem Klopfen, bei dem generell kein "Herein" erwartet wurde, öffnete sich die Tür und Frau Schneider, die Ergotherapeutin, steckte den Kopf zur Tür herein.
Sie ist eine kurzhaarige moderne Frau, deren auffälligste Eigenschaft die ist, dass sie auf Herrn Stahlmann steht. Wenn er in der Nähe war, machte sie auf mich immer den Eindruck einer rolligen Katze, und ihre ohnehin schon raue Stimme verwandelte sich in ein gefälliges Schnurren.
"Frau Stemmer, ich habe sie heute in der Ergotherapie vermisst!"

"Oh, ääh, Entschuldigung! Ich hab es irgendwie vergessen."
Ich beäugte die reumütige Jenny, und an Frau Schneiders Blick war unschwer zu erkennen, dass sie ihr das Vergessen ebenso wenig abnahm wie ich.
"Frau Stemmer, das ist ein fester Bestandteil ihrer Therapie hier. Wir sehen uns dann morgen um neun."
"Ja," antwortete Jenny mit gespielter Unterwürfigkeit.
Als sich die Tür geschlossen hatte, murmelte Jenny etwas, was dem Wort "Fotze" doch beachtlich nah kam.
Ich sah sie verwundert an.
"Is` doch wahr! Die kann mich echt mal. Ali! Kannst rauskommen!"

Jennys Verhalten irritierte mich. Normalerweise war sie eine schüchterne und irgendwie gottesfürchtig wirkende Person, die so ein F-Wort nie in den Mund nehmen würde.
Ali kam nicht aus dem Bad.
"Aaaaliiii!"
rief Jenny ihn erneut.

Er antwortete nicht, aber man konnte das Laufen des Wasserhahns hören.
Jenny stand auf und öffnete die Badezimmertür.
"Ali! ALI! Hör´ auf, du blutest ja schon!"
Bis zu dem Moment war mir nicht klar gewesen, was Ali überhaupt in der Psychiatrie wollte.
Nun wusste ich es.
Ali hatte im Bad Jennys Bimsstein gefunden und hatte sich ganz seinem Händewaschzwang hingegeben. Er hatte in den letzten zehn Minuten seine Hände so sehr bearbeitet, dass jegliche Schrunden aufgeplatzt waren und man das rohe Fleisch deutlich erkennen konnte.
Ali stand völlig fertig in der Badezimmertür, während Jenny ihm liebevoll die blutigen Hände trocken tupfte.
"Komm, wir gehen das mal verbinden," sagte sie nun wieder ganz nach alter sanfter Jenny-Art, und dass dieser Engel vor fünf Minuten mit einem Blitzen in den Augen "Fotze" gesagt hatte,

schien undenkbar.

*

Als wir an diesem Abend im Bett lagen, kicherte Jenny plötzlich.
"Hast Du ´s gemerkt?"
fragte sie in die Dunkelheit hinein.
"Was?"
"Na, beim Tabletten holen. Die halten mich echt für die liebe Vorbildpatientin, die alles macht. Idioten."
Schon wieder empfand ich Jenny plötzlich irgendwie anders, da war wieder dieses Diabolische.
"Wieso? "
Ich fand mich ein wenig einsilbig, aber längere Formulierungen fielen mir nicht ein.
"Hast du nicht geseh´n? Ich nehm´ die Tabletten doch gar nicht mehr richtig. Ich lass sie mir geben, nehme sie in den Mund, schieb sie in die Backe und dann gibt's ´nen Schluck Wasser. Die Anselm macht nie `ne Mundkontrolle, und mir

trauen sie es eh nicht zu."
Wieder folgte dieses eigenartig hohe Kichern, dass ich von Jenny bis jetzt noch nicht kannte.
"Und dann spuckst Du sie wieder aus?" Ich ertappte mich dabei, dass ich flüsterte. Wahrscheinlich hätte ich es nicht bemerkt, wenn die Reporter nicht ständig "…wer flüstert, der lügt,…" dazwischentuschelten.
"Seit über einer Woche schon," antwortete Jenny, und der Stolz über ihre Gerissenheit war nicht zu überhören.
Ich wusste nicht, was ich sagen sollte. Es gab auch in mir selbst oft Momente, in denen ich mit dem Gedanken spielte, die Medikamente nicht zu nehmen. Ich wollte nicht ständig müde und unkonzentriert und permanent hungrig und ohne Speichel sein, auch wenn Doktor Grahl gesagt hatte, dass sich alles "einpendeln" würde.
Außerdem war ich mir manchmal plötzlich nicht mehr sicher, auf welcher Seite sie alle standen. Manchmal fühlte es sich an

wie bei einem Rollenspiel:
Mein Team sind alle Grünen. Und dann zieht sich ein Roter vielleicht plötzlich eine grüne Kapuze über, oder er tut nur so, oder ein Grüner schimmert im Licht plötzlich rot, und plötzlich weißt du nicht mehr, wer gegen dich ist und wer nicht, wer dir helfen will und dir daher vielleicht die Reporter und all das vom Leib halten will, und wer eigentlich genau *dich* vernichten will. Es ist schwer zu erklären für Menschen, die bei dem Rollenspiel bloß Zuschauer sind, denke ich.
Jedenfalls konnte ich Jenny auch ein bisschen verstehen.
Nur diese Veränderung machte mir irgendwie Sorgen.

"Ich geh noch mal eine rauchen," sagte Jenny plötzlich und sprang aus dem Bett.
Es war insofern ein wenig eigenartig, weil ich Jenny noch nie hatte rauchen sehen.
Sie kam in der Nacht nicht mehr ins

Bett.

Beim Frühstück saß sie mit Ali kichernd in der Ecke des Aufenthaltsraumes.

Sie hatte dunkle Ringe unter den Augen, und Ali grinste permanent.

Seine Hände steckten in weißen Baumwollhandschuhen.

\*

An diesem Morgen hatte ich mir vorgenommen, das Handy einzuschalten.

Es lag seit gestern wie ein Mahnmal auf meinem Nachttisch.

Da es nur noch eine Woche bis Heilig Abend war, wusste ich, dass wahrscheinlich diverse Anrufe meiner Mutter auf der Mailbox waren, in denen sie ihre verlorene Tochter über die Festtage einlud.

In Gedanken spielte ich mögliche Telefongespräche durch:

"Ah, ja, danke für die Einladung, aber am vierundzwanzigsten bin ich leider

noch in der Klapse. Verschieben? Nein, das geht nicht, also, da hätte der Richter sicher etwas einzuwenden."
"Nein, tut mir leid, ich kann Weihnachten leider nicht zu Euch kommen. Warum ich mich so lange nicht gemeldet hab? Ich war auf einer geheimen Mission, die insofern geheim ist, als dass ich dir wirklich *nichts* darüber sagen kann. Ja, ich denke, Anfang des Jahres kann ich das Projekt abschließen."
"Mama?! Hallo? Tut mir leid, die Verbindung ist so schlecht! Ich rufe von ganz weit weg an! Geht's Euch gut? Hallo? Halloooooo! Ich meld mich wieder, keine Sorge, tschüüüüüß!"

Als ich die Mailbox abhörte, schlugen mir wie erwartet ungefähr fünfzehn Anrufe meiner Mutter entgegen(zu ihrer Verteidigung muss man sagen, dass diese verteilt auf die letzten vier Wochen eingegangen waren).
Nach dem dritten "hallo, meine liebe Anni," zappte ich mich nur immer an den Anfang der neuen Nachricht, um an der

Betonung zu hören, ob etwas Dramatisches passiert war, sodass ich mich dem Inhalt des Textes aussetzen müsste, und ich stellte mit Erleichterung oder vielleicht doch auch etwas Entsetzen fest, dass keine der dreizehn Betonungen bei "hallo, meine liebe Anni" von der vorherigen abwich.

Ich beschloss, meine Mutter gleich anzurufen.
Die Wahrscheinlichkeit, dass sie vormittags nicht zu Hause war, war hoch genug, dass ich auf das Anspringen ihres Anrufbeantworters hoffen durfte.
Ich entschied, mir irgend etwas über eine Studienfahrt aus den Fingern zu saugen, das hätte ich doch erzählt, wahrscheinlich hatte sie es nur vergessen. Eine einmalige Chance hätte sich ergeben, wir könnten über die Feiertage in Woauchimmer bleiben, daher könne ich nicht kommen. Die Feinheiten meiner Lüge würden sich schon irgendwie spontan ergeben.
Während ich die Nummer wählte, versuchte

ich, mich in ein Studienfahrt - Gefühl hineinzufreuen. Ich war dermaßen motiviert, an meine Geschichte zu glauben, dass ich förmlich die Vögel zwitschern hörte auf irgend einem alten Platz in irgend einem südlichen Land mit irgendwelchen Bäumen, die auch im Dezember blühen. Und von einer alten schrammeligen Telefonzelle rief ich nun zu Hause an, um bei fast frühlingshafter Luft meiner Mutter ein paar Grüße auf den Anrufbeantworter zu quatschen. Jawohl.
"Schnell?"
Ich erschrak. Die Option, dass meine Mutter auch einfach persönlich ans Telefon gehen konnte, hatte ich komplett verdrängt.
"Ähh, hallo, hier ist Anna."
"Anni! Wie schön! Wo hast Du denn gesteckt? Naja, hab mir schon gedacht, dass du ja auch viel zu tun hast. Wir waren ja auch viel unterwegs, mit der Harley und so, hatte ich ja erzählt, oder? Mit Hans und Franz aus dem Elm, ich sage dir, das war vielleicht ´ne

Tour,…."
Normalerweise bringen mich Telefonmonologe meiner Mutter, die mit "Anni!" anfangen und gute zehn Minuten später mit "also, Anni, ist ja schön, dass alles gut ist, bei uns auch," enden, ohne dass ich einen einzigen Satz gesagt hätte, auf die Palme.
Es hat irgendwie etwas Ignorantes, finde ich.
Heute kam mir dieses Verhalten ziemlich gelegen, denn es zögerte den Moment hinaus, der aber dann doch ganz plötzlich da war:
"Und? Kommst Du Weihnachten? Hast ja keine Uni, oder?"
"Äh, nein."
"Hast Du nicht? Toll, prima, Ole meinte schon, wir könnten ja auch mal zusammen - "
"Ich meinte, nein ich komme nicht."
"Was? Wieso denn nicht? Du weißt doch, dein Bruder ist immer noch in Mexiko, er kommt auch nicht. Da wirst Du doch wenigstens zu deiner Mutter kommen!"
"Watson, Watson, " hörte ich plötzlich

die Reporter, als wären sie auch in der Leitung.

Es rauschte.

"Watson, die Verbindung bricht zusammen, over, Watson, …over!.."

Manchmal fand ich sie richtig witzig.

"Anni? Bist Du noch dran?"

"Ja, Mama."

"Also, wann kommst du?"

"Ich kann nicht."

"Warum nicht?"

"Weil ich - krank bin."

Ich überraschte mich selbst.

"Was? Gott, Anni, was hast du denn? Wo bist du?"

"Im Krankenhaus. Ich muss noch über die Weihnachtstage bleiben."

"Und das erfahre ich *jetzt*?"

Ihre Stimme war zu einem schrillen Kreischen mutiert.

"Naja, es ist nicht so schlimm."

"Blinddarm? Ich hatte das immer im Gefühl, Anni, irgendwann müssen sie dir doch noch den Blinddarm herausnehmen!"

"Es ist nicht der Blinddarm."

"Weißt Du noch, meine Schulfreundin

Birgit? Der mussten sie den Blinddarm ja mit vierzig herausnehmen, und sie meinte, das wäre das Schlimmste gewesen, - "

"Mamaaaaa!"

Irgendwie riss mir der Geduldsfaden.

"ES - IST - NICHT - DER - BLINDDARM!"

"Oh. Was ist es denn?"

"Ich glaube, man nennt es schizoaffektive Psychose."

"Schizo - "

Stille.

Und noch mehr Stille.

"..oder, and out…,"

kommentierten die Reporter treffend.

Meine Mutter tat mir leid.

Ihr Bruder war in jungen Jahren schizophren geworden und lebt seitdem mal mehr, mal weniger betreut vor sich hin.

Ich weiß nicht, was sie für Bilder im Kopf hatte, als ich ihr sagte, dass ich ihrem Bruder momentan etwas ähnle.

"Anni - " stieß sie hervor.

"Sagen sie, es geht wieder weg?"

"Ich glaub, das ist nicht klar,"

gab ich leise zurück, und unsinnigerweise fühlte ich mich, als würde ich ihr ein Klassenarbeitsheft mit einer glatten sechs unter die Nase halten.
"Du weißt ja, dass mein Bruder - aber das weißt du ja."
Keine Frage, sie war definitiv durch den Wind.
"Soll ich dich besuchen?"
"Ich weiß nicht. Ich glaub, das will ich grad nicht. "
Ich hielt es kaum aus, dieses Nein - sagen. Mit zugekniffenen Augen horchte ich in den Hörer. Das war erstmal "sich den Problemen des Alltags stellen"!
"Wo bist du?"
"Ist das wichtig?"
"Naja, ich könnte Dir ja was zu Weihnachten schicken."
Meine Mutter riss sich wirklich zusammen. Trotzdem traute ich ihr zu, dass sie in einem Anfall von Weihnachtssentimentalität auf den Gedanken kommen könnte, mich "ganz spontan" zu besuchen.

"Ich ruf noch mal an, dann geb´ ich dir die Adresse,"
wand ich mich.
"Aber ich muss doch sicher mal mit einem Arzt sprechen!"
bäumte sich meine Mutter nun doch noch auf.
"Naja - ich bin seit acht Jahren volljährig."
"Aber ich, Anni, ich weiß es doch auch nicht. Was mache ich nur falsch…"
Nach einem von Selbstvorwürfen und unvollständigen Aneinanderreihungen von Worten durchzogenem weiteren Monolog meiner Mutter beendeten wir das Telefonat.
Over, and out, dachte ich, und spürte neben dem altbekannten Unbehagen, dass mich generell nach Telefonaten mit meiner Familie überkam, eine gewisse Art von Stolz.

Erst am Nachmittag, als ich mit Else eine halbe Stunde im Park spazieren war, wurden die Reporter plötzlich ungewohnt laut.

Sie spuckten wüste Beschimpfungen über meine Mutter aus, ohne dass ich es beeinflussen konnte. Ich musste unwillkürlich an Menschen denken, die unter dem Tourette-Syndrom litten.
Als ich Elses Wort nicht mehr verstand und mir der Kopf dröhnte, gingen wir zurück und ich holte mir mal wieder mein Bedarfsmedikament von Frau Kramer, und ich war dankbar, dass Else keine Fragen stellte.


*


Schneller als gedacht wurde es Weihnachten.
Jan war seit seinem ersten Besuch jeden zweiten Tag gekommen.
Nach den ersten Besuchen war er weniger verunsichert, wenn er die Station betrat, um mich zum Spazieren gehen abzuholen.
Selbst, als sich die Knirscherin eines Tages, während er am Eingang auf mich wartete, direkt vor ihm aufbaute, um ihn

aus einem Abstand von ungefähr zehn Zentimetern zu inspizieren, wirkte er gelassen, fast ein wenig amüsiert, und hielt still.
Er sagte nie etwas über die anderen Verrückten um mich herum. Ich glaube, er hatte einfach Angst, etwas Falsches zu sagen, weil ich ja auch irgendwie dazu gehörte.

Mit jedem Besuch merkte ich, wie sehr ich Jan brauchte. Damals hätte ich es vielleicht als Liebe interpretiert. Aus jetziger Sicht würde ich vor allem sagen, dass er mich geliebt hat und immer noch liebt.

Kurz vor den Feiertagen durfte ich das erste Mal "TeBeTe" nehmen - `Tagesbelastungstraining´.
Man muss in der Abendrunde ankündigen, dass man für den nächsten Tag gern "TeBeTe" beantragen würde.
Dieser Wunsch wird dann an den Arzt weitergetragen.
Wenn er zustimmt, darf man die Station

für den Tag verlassen. Die nächst höhere Stufe ist dann "N-BeTe" : Nachtbelastungstraining.
Wenn man abends in der Abendrunde sitzt und sieht, wer und vor allem in welchem Zustand er oder sie TeBeTe beantragt, denkt man immer, am nächsten Abend sei die Station leer. Es fällt einfach schwer, zu glauben, dass Patienten, die dermaßen neben der Spur sind, nach einem Tag in der realen Welt wieder den Weg in ihre kleine behütete Psychiatrie finden und ohne großen Schaden überleben würden.
Oft sehen sie mitgenommen aus nach solchen Tagen, als hätten sie einen Marathon hinter sich.
Einmal wurde Ali gefragt, wie er seinen TeBeTe verbracht hatte. Er antwortete, er hätte in seiner Wohnung auf dem Bett gelegen, sonst nichts. (Damit meinte er wohl die Tätigkeit außer des unzähligen Händewaschens, was jeder Idiot beim Anblick des rohen Fleisches an seinen Fingern sehen konnte, aber davon sagte Ali nichts. Ich fragte mich, wo da noch

die Zeit zum auf dem Bett Liegen gewesen war.)

Wenn sich jemand gute vier Wochen ausschließlich auf dem Klinikgelände aufhalten durfte, könnte man meinen, er würde sich nur so sehnen nach seinem ersten TeBeTe. Das ist auch so, bis zu dem Moment, an dem es genehmigt wird. Ich wollte es auch eigentlich gar nicht haben. Aber Dr. Grahl hielt diese "Übung", wie er sie nannte, für wichtig, bevor ich entlassen werden konnte.
Ich hatte Angst davor.
Die Reporter waren ja nach wie vor präsent, wenn auch meistens nur noch im Hintergrund. Sie sprachen wenig. Doch trotzdem fühlte ich mich fast nie allein.
Ich wusste nicht, wie sie die Freiheit vertragen würden.
"Treffen sie sich doch mit ihrem Freund! Es ist nicht notwendig, dass sie den ganzen Tag allein sind, im Gegenteil." sagte Dr. Grahl, der meine Angst wie die von so vielen anderen Patienten spürte

und kannte.
Tatsächlich nahm mir dieser Vorschlag die größte Panik.

Mit Jan hatte ich besprochen, dass ich in meine Wohnung fahren würde, wo er auf mich wartete.
Es funktionierte viel besser, als ich dachte.
Rote Dinge interessierten mich nicht mehr als blaue oder grüne, die Reporter kommentierten hier und da ein wenig vor sich hin, aber sie brüllten mir weder ins Ohr, noch beschimpften sie mich oder drohten mit Kopfschmerzen.

Erst, als ich nur noch wenige Minuten Fußweg bis zu meiner Wohnung bestreiten musste, wurde ich wirklich nervös, und zwar so sehr, dass ich ewig brauchte, bis ich das penetrante Klingeln im Ohr als ein reelles Handy-Klingeln anstatt eines Reporter-Witzes deuten konnte.
"Hallo?" hauchte ich in den Hörer.
"Hey, hier ist Jan! Ich denke mal, du bist gleich da?"

"Mmmh - ja."
"Hab ich mir gedacht. Lass uns telefonieren, bis Du vor der Tür bist."
Jan tat, wie schon und noch so oft, genau das Richtige.
Ich frage mich oft, wo er das Wissen hernahm, mir zu helfen.
In einem Lehrbuch über den "Umgang mit Schizophrenen" würde es sicher genau so stehen : "Lenken sie die Person ab, zum Beispiel mit Anrufen,…"
Jan handelte intuitiv. Liebe ist Intuition. Intuition ist Liebe.

Meine Wohnung war sauber und aufgeräumt. Nichts erinnerte an die Zeit, in der ich verwahrlost und mich nur von Knäckebrot mit Frühlingsquark und Bananen ernährend hunderte von Post-its über meine "Rot-Theorien" schrieb und meine Wände damit tapezierte. Ich atmete auf.
Jan hatte sich unglaubliche Mühe gemacht. Auf dem Küchentisch stand ein Blumenstrauß, er hatte den Tisch gedeckt und gekocht.
Ich fand es ein wenig übertrieben, aber

bemühte mich, ein Gefühl wie Freude
dafür zu entwickeln. Hätte ich Krebs,
und dürfte für einen Tag nach hause,
würde ich mich auch über Blumen freuen,
versuchte ich, mich zu überzeugen.
"Aber Krebs ist es nicht, Anni, nein
-nein, kein Krebs in Sicht…"
Die Reporter nervten. Während ich sonst
eher Angst vor ihnen gehabt hatte,
empfand ich sie jetzt nur als störend:
Ich wollte mit diesem Mann, der sich so
sehr um mein Wohlergehen bemühte, allein
sein.
Witzigerweise manifestierte sich dieser
Grundgedanke während des Essens so sehr,
dass ich mich von Jan nach dem Essen auf
dem Küchentisch vögeln ließ, was uns
beide, glaube ich, gleichermaßen
überraschte.
Es fühlte sich gut und gesund an, und
ich war glucklich davor, dabei und
danach.
"Frau Schnell, wie haben sie ihr TeBeTe
verbracht?"
witzelten die Reporter, aber das war mir
egal.

\*

Zwei Tage später beantragte ich Nachtbelastungstraining.
Ich fühlte mich belastbarer denn je.
Jan und ich knutschten die ganze Nacht, wir kicherten und belasteten außer unseren erogenen Zonen recht wenig.
Ich war froh und fühlte mich trotz der Anwesenheit der Reporter in der Besucherritze des Bettes gesund.
"Klassenziel erreicht, " dachte ich, als ich abends mit glühenden Wangen zurück auf die Station kam.
In einem Überschwang von Gefühlen freute ich mich auf Jenny.
Obwohl ich in den letzten Tagen weniger mit ihr zu tun gehabt hatte, fühlte es sich an diesem Abend an, als würde ich noch eine Freundin besuchen, um ihr sogleich von meiner letzten heißen Liebesnacht berichten zu können.
Ich wusste, dass auch Jenny an diesem Tag TeBeTe beantragt hatte und hoffte, dass sie schon zurück sein würde.

Als ich in unser Zimmer kam und das Licht anschaltete, wurde ich von einem leeren und unberührten Bett enttäuscht. Frau Kramer erschien in der Tür.
"Frau Schnell?"
"Ja?"
Ich schreckte zusammen - weniger aus wirklicher Schreckhaftigkeit, sondern eher, weil ich mir nicht sicher war, ob sie mir vielleicht die ausgiebigen Aktivitäten meines Belastungstrainings irgendwie ansehen konnte.
"Sie wissen nicht zufällig, was Frau Stemmer heute für ihr TeBeTe geplant hatte?"
"Äh - nein. Wieso?"
"Sie wollte vor zwei Stunden zurück sein, und ihre Sachen hat sie scheinbar alle mitgenommen."
Da erst fiel mir auf, was Jennys Bett so leer aussehen ließ. Die sonst darüber geworfenen Kleidungsstücke, die Stifte, Bücher, ihr Wecker und all das auf dem Nachttisch: nichts von alledem war noch da.
"Na, wir werden mal sehen, "

verabschiedete sich Frau Kramer.
Ich ging zum Schrank und öffnete ihn.
Jennys Seite war leer.
Auch im Bad war nichts mehr von ihr.
Jenny kam nicht wieder.
Bis heute frage ich mich, ob ich es hätte jemandem erzählen sollen, dass sie irgendwann aufgehört hatte, die Tabletten zu schlucken.

Es ist nicht immer einfach, zwischen Mitverantwortung und Petzen zu unterscheiden.
Oder genau zu erkennen, wo der Punkt ist, an dem ein Mensch nicht mehr selbst entscheiden sollte, was das Beste für ihn ist, weil er es nämlich nicht mehr kann.
Ob es das Beste ist, in einer Psychiatrie zu sitzen, bezweifle ich aber ebenso.
Wer weiß, vielleicht geht es Jenny gut.

*

Am dreiundzwanzigsten Dezember wurde die

Psychiatrie überraschend leer.
Wer irgendwie entlassen werden konnte, wurde es auch.
Die wenigen, die entweder nicht stabil genug oder noch immer per Gerichtsbeschluss untergebracht waren, mussten bleiben.
Auf letzten Metern wurde selbst Herr Khalil, der fast verhungerte Syrer, entlassen.
Zwei Tage vor Weihnachten war ein gutaussehender, permanent selig lächelnder Südländer zu Herrn Khalil gekommen, um ihn zu besuchen.
Sie liefen eine Stunde auf dem Flur auf und ab.
Es war ein bizarres Bild: ein grosser, gesunder grinsender Syrer oder was auch immer, in schöner Winterkleidung, der den Eindruck, der Mann wäre soeben dem Quelle Katalog entsprungen, noch verstärkte.
Daneben ein winzig wirkender, noch immer in sich zusammen gefallener Syrer in einem selbstgeschneiderten, knallpinken Filzgewand, einen Infusionsständer mit

sich ziehend, der, was den Umfang seiner metallenen Stangen anging, noch immer mit Herrn Khalils Statur erschreckend viel gemeinsam hatte.
Später erfuhr ich von Else (weiß der Himmel, wo sie das schon wieder her hatte), dass das südländische Quelle - Model der syrische Botschafter war, der Herrn Khalil befragen sollte, wo er denn in Zukunfz leben wollen würde.
Angeblich hatte Herr Khalil gesagt, dass er nicht zurück nach Syrien wollte, und so wurde er einen Tag vor Weihnachten in eine Pflegeheim verlegt.
Er zeigte vorher allen immer wieder dieses Faltblatt des Heimes, auf dessen Vorderseite ein prunkvolles Vorstadthaus abgebildet war.
Dabei strahlte er über das ganze Gesicht und sagte immer wieder :
"Nach Hause!",
und ich hoffte so sehr für den kleinen Syrer, dass er alles richtig verstanden hatte und bei seiner Ankunft im neuen Domizil nicht enttäuscht werden würde.

\*

Und dann saßen wir da, am heiligen Abend, die Knirscherin, Irmi Tröther, Else, das Räuchermännchen, Ali, Anke und Michi, Zwergnase und ich.

Außerdem wurden noch ein paar Plätze von einigen frisch eingetroffenen, angeblich "nicht mehr zu händelnden", "fremdaggressiven" oder "wesensveränderten" alten Herrschaften besetzt. Es kam einem schon wie ein eigenartiger Zufall vor, dass den Familienangehörigen gerade ein paar Stunden vor Weihnachten auffiel, dass ihre Omis und Opis solche Eigenschaften entwickelt hatten, und alles in allem erinnerte das Szenario doch ein wenig an die Geschichte mit den Sommerferien und den ausgesetzten Hundewelpen an der Autobahn.

Es war ein grauenvoller Heilig Abend. Dabei konnte man wirklich nicht sagen,

dass sich die Pflegekräfte keine Mühe gegeben hatten, uns vergessen zu lassen, wo wir armseligen Kreaturen uns befanden.
Überall auf den Tischen lagen kleine Schokoladen-Weihnachtsmänner und Teller mit Plätzchen.
"Sind doch eh vergiftet," raunte Zwerg Nase mit einem verächtlichen Blick auf den vor ihr stehenden Keksteller.
Herr Stahlmann hatte einen alten Kassettenrekorder aufgestellt und eine dieser Weihnachtslieder-Kassetten eingelegt.
Ich glaube, unter anderen Umständen hätte ihn jemand von uns Psychos dafür um die Ecke gebracht, aber das brachten wir beim Anblick der ausgesetzten Dementen nicht übers Herz. Sie freuten sich dermaßen über die Beschallung, dass es wehtat.
Eine der Omis warf immer wieder jubelnd die Hände in die Luft, wenn der Singsang zu einer neuen Strophe von `Oh du Fröhliche´ ansetzte.

Sie sah dabei besonders mitleiderregend aus, weil sie am Abend zuvor auf ihr Gesicht gestürzt war und sich nun ein saftiges Brillenhämatom gebildet hatte, das sie aussehen ließ wie einen hundertjährigen Koala.

Die Krankenhausküche servierte an diesem Abend Würstchen mit Kartoffelsalat.
"Ha! Auch vergiftet!"
Zwerg Nase ließ sich so leicht wohl nicht über´s Ohr hauen.
"Stiiiille Naaaacht…"
röhrten die Reporter. Sie waren so laut, dass ich mir gern meine Bedarfsmedikation hätte geben lassen. Aber ich hatte Angst, damit vielleicht Zweifel an meiner bevorstehenden Entlassung zu schüren - der Gerichtsbeschluss lief am achtundzwanzigsten Dezember aus, und Dr. Grahl hatte gerade vor ein paar Tagen gesagt, wie "positiv" ich mich doch entwickelt hätte (dabei irritierte mich sein stolzer Unterton).
Irmi Tröther fing beim Anblick des

Kartoffelsalats ein wenig an zu jammern, wie viele Einläufe sie wohl brauchen würde, um den wieder loszuwerden.
"Aber ich hab ja mein Geschenk bekommen," grinste sie kurz darauf, und ihre schwarzen Zahnstummel reckten sich einem entgegen, ohne dass man sich dem Anblick wirklich hätte entziehen können.
"Was´ n? " fragte Ali sie.
Irmi tätschelte ihre Tasche auf dem Schoß, deren ausgebeulte Form doch verdächtig nach ihren Darmeinlaufutensilien aussah.
"Der Stahlmann hat´ s mir geschenkt. Ich darf ihn bis morgen früh behalten."
So absurd es auch klingen mag, aber ich glaube, wir freuten uns alle aufrichtig mit Irmi, dass sie eine Nacht mit ihrem Irrigator verbringen durfte.
Else sprach, seit sie sich an den Tisch gesetzt hatte, kein Wort mehr.
Erst, als Frau Anselm in den Speisesaal trat, in der Hand ein riesiges Tablett mit allerlei Zeug darauf und der strahlenden Offenbarung, sie hätte "eine ganz tolle Überraschung" für uns, hörte

ich Else murmeln:
"Warum hab ich es nicht getan,"
und nachzufragen, was sie meinet,
erschien mir überflüssig.
Die "ganz tolle Überraschung", die der
Engel Anselm für uns vorbereitet hatte,
war Vanilleeis mit heißen Kirschen.
Während ich Frau Anselm beobachtete, wie
sie mit ihrer grenzenlosen Liebe das Eis
in die Klinikglasschälchen drapierte,
die in der Mikrowelle erwärmten heißen
Kirschen darüber fließen ließ und als
Krönung des Ganzen immer eine
Sternwaffel auf die Eisspitze steckte,
fragte ich mich ernsthaft, ob sie immer
auf der richtigen Seite des
Medikamententresens stand.
Als sie mir ein Schälchen vor die Nase
stellte und mir ein
"Und für sie, Frau Schnell,"
entgegenflötete, sah ich zu Boden, aus
Angst, sie könnte Gedanken lesen.
Das Räuchermännchen war da ehrlicher.
Gerade, als Frau Anselm ihm das Eis
servieren wollte, stand es auf, um sich
in den Raucherkasten zu verdrücken.

"Soll ich ihnen ihr Eis gleich hinterher bringen? Das mach´ ich gern!"
Das war dem Räuchermännchen eindeutig zu viel.
Wir hielten den Atem an - die Situation war uneinschätzbar.
Und da wetterte es auch schon los:
"Nein! Sie sollen mir das VERDAMMTE Eis hiiiiieer auf meinen Platz stellen, das ist doch nicht zu fassen, so was, sie können mich mal!"
Elses Mundwinkel zuckten.
"Alter, die wollte doch nur ma nett sein!"
meldete sich Ali zu Wort.
"Ihr spinnt doch alle! ALLE!"
Mit diesen Worte verzog sich das Gewittermännchen in seine Räucherhöhle.
Frau Anselm sah aus, als wäre sie den Tränen nahe, hatte sich aber gut im Griff, fand ich.
Weihnachten ist und bleibt eben doch ein Fest der überschäumenden Emotionen, da scheint es nicht wichtig zu sein, auf welcher Seite des Tresens man steht.

\*

Die einzigen, die das Fest der Liebe wirklich zu genießen schienen, waren Anke und Michi Müller.
Den ganzen Abend über saßen sie selig da, aßen den Großküchenkartoffelsalat, dann das Eis, sprachen wenig und lächelten viel.
Sie sahen verliebt und glücklich aus, und man hatte nicht das Gefühl, dass sie ihr Umfeld irgendwie registrierten.
Wenn ihnen jemand etwas zu essen reichte, sah es fast so aus, als würde eine Hand durch eine unsichtbare Blase hindurch greifen, in der sich das Paar befand.
Instinktiv sprachen wir nicht mit ihnen, es hätte sie ohnehin nur gestört.
Ich habe mich, als ich Michi und Anke an diesem Abend beobachtete, gefragt, ob die beidseitige leichte geistige Behinderung vielleicht ein Geschenk war.
Die Leichtigkeit, mit der sie das Umfeld, in dem sie ihren Kartoffelsalat

aßen, die letzten dreißig Jahre von
Ankes Krankengeschichte, und die
Aussicht, dass sie wahrscheinlich nie
gesund werden würde, von sich schoben,
oder, wie man es sieht, grenzenlos
akzeptierten, weckte in mir eine Form
von Neid und Bewunderung.
Ein gescheitertes Akademiker-Paar, in
derselben Situation, wäre vielleicht
viel weniger in der Lage, die Gegenwart
zu genießen.
Anke wurde ein paar Tage nach mir
entlassen.
Später traf ich Michi einmal in der
Stadt - er berichtete von der neuen
Wohnung ("gleich bei der Werkstatt um
die Ecke, weißt du!") und der ambulanten
Betreuung.
Und davon, wie sich die Katzen gefreut
haben, dass Anke endlich wieder zu Hause
schlief.

*

Am siebenundzwanzigsten Dezember saß ich
in meiner letzten Therapiestunde bei Dr.

Grahl.

In den letzten Stunden war besprochen worden, dass ich mich zunächst mehrmals, und dann, wenn alles gut liefe, nur noch einmal wöchentlich in der Tagesklinik melden sollte, um weiterhin Therapie zu machen, aber auch, um einfach "gestützt" zu werden, wie Dr. Grahl es nannte.

Es gab würde eine Art Gruppentherapie zwei Male die Woche geben, die mit Menschen wie mir die Frage nach der beruflichen Perspektive erörtern, meine Interessen ans Licht bringen und mich irgendwie bei der Suche nach einem Lebensinhalt ermutigen sollte. Dr. Grahl sagte, fast alle anderen Teilnehmer wären "ähnlich wie sie, Frau Schnell, Studienabbrecher und andere akademisch geprägte junge Menschen".

Was die Wirkung meiner Medikation anging, so log ich Dr. Grahl bei unserem Abschlussgespräch an.

Mehrmals fragte er mich, ob denn "die Reporter oder andere" noch zu hören seien oder was ich sonst noch Hinweise auf meine "schizoaffektive Störung"

spürte.
Ich erzählte, dass ich von den Stimmen der Reporter schon seit Wochen nichts mehr gehört hätte,
"ach, was rede ich, seit Jaaaahren, Anni, seit Jaaahren!"
brüllte der Reporter mir währenddessen ins Ohr.
Der große Plan hinter roten Dingen war verschwunden, sagte ich, und das war die Wahrheit.
Ich war nicht sicher, ob Dr. Grahl mir glaubte.
Vielleicht gingen ihn die Reporter aber auch gar nicht so viel an.
Er war mein Arzt, er half mir, als es mir nicht gut ging, als die Reporter viel bestimmender waren als ich selbst und ich wegen ihnen fast nicht mehr leben wollte.
Aber ob er auch meinen jetzigen Zustand verstand, in dem die Reporter nur selten laut waren, manchmal einfach nur nervig wie ein Mückenstich, manchmal aber auch vertraute Begleiter, die mir das Allein sein versüßten - all das wagte ich zu

bezweifeln.
Ich fand die Lösung, dass sie noch da waren, wenn auch nur dezent im Hintergrund und nicht permanent, fast beruhigender, als sie völlig ausgemerzt zu haben.
Immerhin sind sie ein Teil von mir.

Die Reporter-Raubtiere hatten Angst vor mir, weil ich die Pillen-Peitsche in der Hand hielt, und um sie weiter in Schacht zu halten, brauchte ich die Peitsche.
Ich bin Dompteur, und der existiert nur mit Raubtieren - das hätte ich gern Dr. Grahl gesagt. Aber das Risiko, dass er mich nicht verstand und somit glaubte, meine Therapie hätte keinen Erfolg gehabt, war mir zu groß, und so verschwieg ich ihm meine Raubtier - Theorien.

Jan holte mich ab.
Er hatte vor einiger Zeit vorgeschlagen, bei mir einzuziehen.
"Wenn Du das kannst, "
hatte er gesagt.

Ich weiß nicht, ob es auf das
Zurückkehren in die alte Umgebung oder
auf das Zusammenleben mit meinem Freund
bezogen war, und ich hätte auf beides
keine endgültige Antwort gewusst.
Aber ich wollte.
Und daher scheint es zu funktionieren.

*

Inzwischen sind drei Monate vergangen.
Jan und ich leben weiter zusammen in
meiner alten Wohnung.
Zwei Male in der Woche gehe ich zur
Gruppentherapie und anschließendem
gemeinsamen Kochen in die Tagesklinik.
Ich weiß nicht, ob die Therapie an sich
das ist, was mir hilft oder einfach das
Wissen, dass ich nicht die Einzige auf
der Welt bin, die Stimmen hört.
Ich habe einen Yoga-Intensiv-Kurs
begonnen, es gibt Theorien, dass man
seine Schizophrenie durch entspannende
Sportarten besser bewältigen kann.

Ob das stimmt, kann ich zum jetzigen Zeitpunkt nicht sagen, aber da ich ja momentan weder studiere noch arbeite, habe ich genug Zeit, um es auszuprobieren.
Bis vor kurzem habe ich brav meine Medikamente genommen.
Die Reporter sind nach wie vor da, mal lauter, mal leiser.
Jan liebt mich glaube ich wirklich, denn manchmal ist es sicher nicht einfach, mich mit meinen Stimmen zu teilen.

Hätte ich nicht vor einiger Zeit angefangen, mich intensiv mit google zu beschäftigen, hätte das hier wohl das Ende meiner Geschichte sein können.

\*

Sie sagen, Psychosen sind übersinnlich.
Die Ansicht, man wäre krank, entspringe der westlichen Welt.

Die Medizinmänner in Urwaldstämmen, am Amazonas zum Beispiel, sie würden hier als psychisch krank abgestempelt werden, nur weil sie auf der falschen Seite der Erdkugel sind!
Dabei retten sie Leben. Wissen und verstehen Dinge, die sonst niemand versteht.
Kann das sein?
Dass ich nur in der falschen Nische dieser Welt lebe?
Ist das Gefühl, dass ich jedes Mal, wenn ich eine meiner Tabletten nehme, mir selbst ein Stück mehr Rückgrat breche, mich von mir selbst weiter entferne, vielleicht doch nicht Teil meiner Krankheit, sondern der Teil, der mir sagt, dass ich etwas besonderes bin?
Vielleicht gibt es ja doch einen Auftrag für mich.
Ich habe lange überlegt, ob ich mit Jan, Dr. Grahl oder sonst jemandem darüber sprechen soll.
Aber sie würden mir nur wieder einen neuen Wahn andichten.

Jetzt steht sowieso alles fest, in vier
Tagen geht mein Flug nach Rio de
Janeiro.
Ich muss diese Menschen treffen, die
sind wie ich.
Die aber *nicht* in eine Psychiatrie
gesteckt, im Bett fixiert und mit
Tabletten vollgestopft werden.
Ich will meinem eigenen Kern auf den
Grund gehen, und ich bin überzeugt
davon, dass die Sache gut ausgehen wird
für mich.
Daher nehme ich auch seit zwei Wochen
die Tabletten nicht mehr.
Ich will nicht vergiftet und halb
erstickt dort ankommen!
Man kann sich jetzt fragen, ob das alles
gut geplant ist, ob ich weiß, wo ich
schlafe, ob ich genug Geld habe und all
das.
Aber sind das nicht auch nur komische,
von der westlichen Welt anerzogene
Sicherheitsgedanken?
Hat sich jemals ein Medizinmann gefragt,
ob er genug Geld für irgend etwas hat?
Die Wahrheit ist, dass ich, außer meinem

Flug, nichts geplant habe.
Es wird alles gut werden da am Amazonas, ich weiß das einfach.
Manchmal habe ich regelrecht das Gefühl, dass sie mich schon rufen von dort.
Das klingt verrückt, ich weiß. Aber das wäre, um es mal deutlich zu sagen, sowieso keine neue Diagnose.

Ich werde diese Geschichte hier lassen.
Da ich nichts von Abschiedsbriefen halte, wird Jan keinen bekommen.
Vielleicht lege ich diese Zeilen auf den Küchentisch, dann alarmiert er wenigstens nicht die Polizei, um mich suchen zu lassen.
Ich vertraue darauf, dass er mich einfach gehen lässt. Er hat mich oft verstanden und eigentlich immer das Richtige getan.

Was schreibt man am Ende eines solchen Berichts?
Ich weiß es nicht.

Ich bin aufgeregt, denn ich habe

Flugangst.

\*\*

**Wäre es ein Roman, wäre dies der Epilog**

Als ich drei Tage später abends nach Hause kam, war ich aufgeregt, und wusste nicht, warum.
Ich war ein wenig aufgekratzt von der Unterrichtstunde, die ich einem kleinen Jungen gegeben hatte, dessen Mutter mir permanent in den Ohren lag, ihr Sohn hätte eine musikalische Begabung, und nun läge es an mir, sie freizulegen.
Ich hätte gern mit Anna gekocht und später einen Film geschaut oder so etwas in der Art.
Sie war vor drei Monaten entlassen worden, und obwohl ich gerade in den Tagen vor dem besagten Abend dachte, dass sie sich mir irgendwie entzieht, machte ich mir zu dem Zeitpunkt weniger Sorgen denn je und war stolz, dass sie die Sache mit der Tagesklinik und den

Medikamenten – scheinbar – ernst nahm.

An diesem Abend also kam Anna nicht nach Hause, und seitdem kam sie überhaupt nie mehr wieder.
Ich habe gekocht und gewartet, überlegt, was ich machen soll, und nichts unternommen.
Gegessen, einen Film geschaut, auf die Uhr geschaut, zum hundertsten Mal, einen zweiten Film geschaut.
Annas Handy war ausgeschaltet.
Ich machte mir Sorgen.
Aber gleichzeitig wollte ich ihr nicht immer das Gefühl geben, dass sie krank ist.
Als sie in der Psychiatrie war, hat sie so oft Bemerkungen fallen lassen, dass sie keine Sonderbehandlungen wolle, dass sie immer das schreckliche Gefühl habe, anders zu sein und anders behandelt zu werden.
Ich wollte nicht Teil dessen sein, wollte sie behandeln, so normal wie möglich.
Im Nachhinein denke ich, dass gerade

dieser Gedanke mich an dem Abend davon abgehalten hat, irgend etwas zu tun.
Etwas zu tun, was *normal* gewesen wäre.
Denn seien wir mal ehrlich, wenn meine psychisch kerngesunde Freundin nachts um zwei noch nicht zu Hause gewesen wäre, hätte ich mich ja auch berechtigt gefühlt, mich zu sorgen. So aber nicht.

Um vier Uhr hatte ich sechs Bier getrunken und fiel ins Bett.
Als ich die Decke zurückschlug, fand ich das Manuskript.
Da es aber getippt und nicht handgeschrieben war, kam ich gar nicht auf den Gedanken, dass darin die Antwort auf Anna Verschwinden, überhaupt die Antwort auf so viele Fragen stehen könnte, und ich schlief betrunken ein.

Am nächsten Tag begann ich zu lesen.
Nach einigen Seiten wurde mir klar, dass ich einen Teil des Lebens meiner Freundin in der Hand hielt, und ich las das Ende zum Schluss, weil sie ja noch immer nicht zu Hause war.

Panisch rief ich beim Flughafen an - die Maschine, die infrage kam, war bereits vor acht Stunden geflogen.
Mithilfe einer wirren, erfundenen Geschichte bekam ich heraus, dass Anna tatsächlich Fluggast dieser Maschine gewesen war.
Ich hasste mich.
Für das six -pack am Abend zuvor, für das Nichtstun (obwohl, was hätte ich tun sollen?) und vor allem dafür, dass ich nicht den Mut gehabt hatte, sie in den letzten Tagen auf ihren eigenartigen Rückzug anzusprechen, aus Angst, sie zu verletzen, ihr mal wieder das Gefühl zu geben, krank zu sein.
Ich las Annas Geschichte und wurde wütend auf alles, auf mich, auf sie, auf die Ärzte, auf das Leben.
Jetzt, ein Jahr später, würde ich sagen, das Einzige, worauf ich wirklich wütend war, war meine eigene Ohnmacht.

*

Ich wohne nach wie vor in unserer

Wohnung.
Nicht irgendwie doch zu hoffen, Anna stünde irgendwann wieder in unserer Wohnungstür, wäre gelogen.
Ich weiß nicht, wie es ihr geht und ob sie überhaupt noch lebt.
Natürlich habe ich irgendwann ihre Eltern informiert und ihnen von dem Manuskript erzählt.
Sie haben sie suchen lassen, in Brasilien, aber bis jetzt ohne Erfolg.
Abgesehen davon, dass ich immer noch nicht weiß, ob dieses Suchen überhaupt richtig ist, weiß ja zu niemand, ob sie überhaupt noch in Brasilien ist.
Drei Monate nach Annas Verschwinden kam eine Ansichtskarte aus Puerto Casado (das ist in Paraguay), auf deren Vorderseite sie den Landkarten - Ausschnitt mit diversen Kreuzen und ungefähr zehn Mal dem Wort "aqui", dem spanischen Wort für "hier", verziert hatte.
Dazu schrieb sie :
"Keine Angst, es ist nur das Leben."
Mehr nicht.

Seitdem habe ich kein Lebenszeichen mehr von ihr bekommen.

Ich habe mich, nachdem ich diese Sache von den Medizinmännern am Amazonas bei Anna gelesen habe, ein wenig mit der Ansicht über Psychosen und andere psychische Krankheiten in gänzlich anderen Kulturen beschäftigt.
Es stimmt - unser Verständnis für solche Absonderlichkeiten sind geprägt von unserer westlichen, rationalen Welt.
In einer Kultur wie der unseren, in der Andersartigkeit außer bei Künstlern oder solchen, die sich geschickter Weise so nennen, eher Angst macht, gibt es einfach keinen Raum für andere Interpretationsansätze von psychischer "Krankheit", geschweige denn, dass irgendjemand bei einer solchen Auffälligkeit von einer besonderen Gabe oder ähnlichem sprechen würde.
Aber wie sollte das auch aussehen?
Tatsache ist, als Anna in ihrem akuten Wahn gefangen war, ging es ihr schlecht. Denn sie war Teil *dieser* Kultur, und

nicht der des Amazonas.
Den meisten Schizophrenen und anders psychisch Kranken geht es irgendwann schlecht.
Ich gebe allerdings zu, dass ich mir manchmal nicht sicher bin, ob das Problem wirklich die Krankheiten an sich sind.
Ist es nicht vielleicht manchmal eher das Umfeld, das dem betroffenen Probleme bereitet, das alles noch verschlimmert und erst recht das Gefühl gibt, nicht richtig zu ticken? Das denkt, ein psychisch Kranker könne nun wirklich nichts mehr selbst entscheiden, würde sich und andere sowieso nur gefährden?
Wo fängt das denn an mit der Gefährdung, und wo ist es nur Angst der anderen und Intoleranz?
Vielleicht sind das auch nur meine Gedanken, die ja auch ihre Geschichte haben.
Ich war mit einer Schizophrenen zusammen, und ich habe sie geliebt.
Ich habe mich permanent gefragt, wie viel Sorge in Ordnung ist, was mein Teil

an ihrer Stabilität oder dem Gegenteil sein kann und was ich tragen kann und was nicht.
Ich habe eine Therapie begonnen, als Anna im Krankenhaus war. Ich brauchte jemanden, der mich stützte, der mich entlasten und mir manchmal vielleicht sogar Tipps geben konnte, mich richtig zu verhalten, wenn es das überhaupt gibt.
Ich habe es Anna nie erzählt.
Insgesamt scheint die Therapie uns nicht vor dem Scheitern bewahrt zu haben.
Aber mich.
Wenn nicht irgend jemand vor einem Jahr dagewesen wäre, als mich die Schuldgefühle zu zerfressen drohten - ich weiß nicht, ob ich nicht auch krank geworden wäre.
Was mir wohl kein Therapeut dieser Welt nehmen kann, ist meine Traurigkeit.
Anna war die Liebe meines Lebens, ganz egal, ob sie krank ist oder nicht.
Wir waren nicht einmal sonderlich lange zusammen.
Aber ich war bereit, bedingungslos für

sie da zu sein.
Und ich wollte auf uns beide aufpassen.
Ich habe nie etwas von Therapie gehalten, doch ich hoffte so sehr, dass sie unsere Chancen erhöhen würde, trotz Krankheit zusammen zu bleiben, ohne, dass jemand von uns daran zu Grunde gehen würde.
Ich weiß nicht, wie man sich richtig verhält, wenn man jemanden liebt, der ständig in einem inneren Kampf zu sich selbst steht.
Ich kann mir weder jetzt, nach einem Jahr, auf die Schulter klopfen, noch stehe ich voll hinter meinen immer noch vorhandenen Schuldgefühlen, und ich bin mir immer noch nicht darüber klar geworden, wie viel Verantwortung man wann für andere Menschen hat und wann es eher die Beruhigung des eigenen Gewissens ist, wann man akzeptieren muss, dass wir alle eigenständige Menschen sind, unabhängig ob gesund oder krank.
Ich habe es mir bestimmt nicht ausgesucht, eine Frau geliebt zu haben

und immer noch zu lieben, die psychisch krank ist.

Letzten Endes wünsche ich mir, dass sie irgendwann irgendwo glücklich ist, dass sie noch lebt, und zwar auch mit ihrer Krankheit.

Eine zweite Karte wäre schön.

# Anhang

Hier ein paar Worterklärungen für Menschen, die im Leben eher mit "psychisch unauffälligen" Menschen zu tun haben.

**o.B.:** gängige Abkürzung für "ohne Befund", wird unter Medizinern häufig gebraucht, wenn alles in Ordnung ist ("o-bee")

**somatisch:** den Körper betreffend,(im Gegensatz zu psychiatrisch)

**Sedativum:** Gruppe von Medikamenten mit "sedierender" , d. h. stark beruhigender, antipsychotischer und damit bewusstseinstrübender Wirkung

**Psych-KG:** gängige Abkürzung für **Psychisch-Kranken-Gesetz,** das in der deutschen Rechtssprechung die Versorgung und Unterbringung von psychisch kranken Patienten regelt

**Ciatyl Accuphase:** sehr stark dämpfendes Medikament zur akuten Behandlung psychotischer Schübe

**i.m.:** intramuskulär, in den Muskel injiziert

**defixiert:** im Gegensatz zu **fixiert**; gängiges Verb, das fest- und losbinden vom psychiatrisch angewandten Fixierbett zu benennen

**Fixierung:** eine nach wie vor angewandte Methode in der geschlossenen Psychiatrie bei der extremen Krisenbewältigung von Psychosen o.ä., in denen der Patient offensichtlich sich oder andere Menschen in Gefahr bringt und nur mit physischen Mitteln davon abgehalten werden kann. Man unterscheidet zwischen einer **5-** und einer **3- Punktfixierung,** je nachdem, an wie vielen Körperstellen der Patient fixiert wird.
Eine Fixierung ist immer eine Beraubung der persönlichen Freiheit, ist nur unter bestimmten Umständen nach Psych-KG

(s.o.) möglich, muß genauestens überwacht und protokolliert werden und bedarf daher einer wenn möglichst sofortigen richterlichen Überprüfung (innerhalb von 24 Stunden)

**Zuführdienst:** Angestellte des öffentlichen Dienstes, für gewöhnlich Polizeibeamte, die den jeweiligen Patienten gegen seinen Willen festhalten und in eine akutpsychiatrische Einrichtung bringen dürfen

**Katatonie ("katatoner" Zustand):** psychischer Erkrankungszustand, bei dem der Betroffene motorisch "erstarrt" und wie eingefroren in einer bestimmten Haltung verbleibt, ohne dass er darauf Einfluß nehmen könnte

**retardiert:** "zurückgeblieben"; leichte geistige Behinderung

**Schizoaffektive Psychose:** akute Form psychotischen Erlebens mit teilweises schizophrenem Charakter (Wahnerleben,

Stimmen hören,…), teilweise manisch -
depressiven Verhaltensweisen und
Handlungen